裴氏家风家训

《山西廉政文化丛书》编委会 编

山西出版传媒集团
北岳文艺出版社
·太原

图书在版编目(CIP)数据

裴氏家风家训/《山西廉政文化丛书》编委会编.—太原：北岳文艺出版社，2024.9
(山西廉政文化丛书/邢利民，李骏虎主编)
ISBN 978-7-5378-6584-5

Ⅰ.①裴… Ⅱ.①山… Ⅲ.①传记文学—作品集—中国—当代 Ⅳ.①I25

中国国家版本馆CIP数据核字（2024）第064188号

裴氏家风家训
Peishi Jiafeng Jiaxun
《山西廉政文化丛书》编委会/编

出品人
郭文礼

选题策划
王朝军 赵 婷

责任编辑
王国柱

助理编辑
金国安

书籍设计
张永文

印装监制
郭 勇

出版发行：山西出版传媒集团·北岳文艺出版社
地址：山西省太原市并州南路57号 邮编：030012
电话：0351-5628696（发行部） 0351-5628688（总编室）
传真：0351-5628680
经销商：新华书店
印刷装订：山西基因包装印刷科技股份有限公司

开本：787 mm×1092 mm 1/32
字数：106千
印张：8
版次：2024年9月第1版
印次：2024年9月山西第1次印刷
书号：ISBN 978-7-5378-6584-5
定价：29.80元

本书版权为本社独家所有，未经本社同意不得转载、摘编或复制

《山西廉政文化丛书》编委会

主　任：王拥军　张吉福

副主任：王　鹏　宋　伟　孟　萧　李新春

委　员：邢利民　李骏虎　贾新田　胡彦威　王铁梅
　　　　张　羽　骞　进　万　勇　杨建军　许凌云

编　务：罗向东　冯　军　孟绍勇　安　宁　崔　晋
　　　　牛旭斌　郭建丽　赵新中　鲁顺民　杨　遥
　　　　王　姝　郭文礼

专家编审组

杜学文	杨占平	哲　夫	黄　风	高专诚	李书吉
郭天印	赵　瑜	陈为人	冯　军	徐大为	陈克海
韩振远	宁志荣	孙国强	钟小骏	王　芳	梁　盼
徐建宏					

出版项目组

郭文礼	古卫红	刘卫红	刘文飞	汪恒江	王朝军
马　峻	陈学清	席香妮	陈　洋	贾江涛	谢　放
吕晓东	赵　婷	关志英	金国安	高海霞	张　丽
庞咏平	武慧敏	范　戈	左树涛	李向丽	

目录

裴氏家风家训

第一话·家训与家戒 ················001
　"家训"润无声:《河东裴氏家训》 ················006
　"家戒"醒后人:《河东裴氏家戒》 ················013

第二话·贤相成功的密码 ················021
　裴氏兴盛的基因:俭以养德,廉洁自律 ················023
　从"独立使君"的偶像,看裴氏家风的传承 ················032
　裴度干干净净的"朋友圈" ················040

好家风于细微处筑起防火墙……047

心怀百姓公而无私，裴耀卿的为政之道……055

清风凛然，大公无私——裴氏宰相的人才观
……062

人生何事须聚蓄——裴氏先贤的财富观……068

裴矩"佞于隋而诤于唐"的启示……075

第三话·谦恭世家出英才……085

裴徽：高瞻远瞩，洞察秋毫……087

裴邈：不惧诬告，安民有方……091

裴潍：上疏进谏，立身谨厚……094

裴再兴、裴泰：赓续家风，言传身教……097

裴绍宗：建通济桥，省靡费财……100

裴希度：励精图治，以德辅仁……103

裴律度：临危不乱，勤于政事……106

裴宗锡：鞠躬尽瘁，公私分明……111

第四话·满门才子闻天下 ……………………115

裴秀：制图六体，独步古今 ……………………117

裴楷：直言敢谏，一心为国 ……………………121

裴松之：三国志注，不朽之业 …………………124

裴敬宪：俭朴仁义，文名远播 …………………129

裴伯茂：居功不傲，淡泊名利 …………………132

裴政：执法公正，诚实磊落 ……………………134

裴孝源：绘画鉴赏，不世之作 …………………139

裴铏：传奇小说，堪称鼻祖 ……………………142

裴元长：热衷教育，钻研教法 …………………145

裴衷：廉洁从政，秉公执法 ……………………149

第五话·舍生取义多名将 ……………………153

裴岑：东汉名将，横扫匈奴 ……………………155

裴茂：戡乱功臣，能战能止 ……………………158

裴潜：一世美士，怀柔远方 ……………………162

裴英起：善辩斗士，性情真纯 …………………165

裴果：三军勇士，仁人君子……169

裴鸿：保土守疆，仁义之将……172

裴叔业：驰骋南北，从善如流……175

裴虔通：用明逆顺，不齿愚忠……177

裴行俭：出将入相，大智大勇……180

裴羽：仁至义尽，廉洁自律……185

裴坚：知人善任，七条标准……188

裴庄：忠于职守，正直为官……191

裴琏：执法如山，只带清风……194

第六话·传奇故事世代传……197

裴安祖：悠然乡贤，智慧为官……199

裴佗：清正为官，端方为人……202

裴文举：俭以养廉，仰承乃父……205

裴宽：心如晋水，不徇私情……209

裴怀古：身为表率，明察秋毫……213

裴佃先：挺身而出，公道人心……216

裴谞：心系百姓，呵护忠臣 …………………221

裴济：明断刚毅，衷心可鉴 …………………224

裴夷直：耿介忠直，忧伤天涯 ………………226

裴说：大魁天下，不做伪官 …………………230

裴约：精忠之节，仕专一心 …………………235

裴志灏：题顺气石，解百年案 ………………239

第一话

【家训与家戒】

山西省闻喜县裴氏家族源远流长。据金大定十一年编写的《裴氏世谱》记载,闻喜裴氏最早出自有熊氏,是伯益之后,与秦氏同祖。裴氏先人曾经辅殷伐桀,辅周伐纣,累世有功,秦封"𨛬"。周僖王时,非子六世孙陵,更"邑"从"衣",因以为氏,开始有裴姓。其裔孙裴晔,东汉永建初年,仰观星辰,俯察地理,合族迁居河东闻喜裴柏村,以此为发祥根基。

到两晋时期,裴氏人丁繁衍旺盛,遍布全国,并逐渐分为三大支:世居山西河东闻喜故地者为中眷裴;居于长安与凉州一带者叫西眷裴;居于幽燕、襄阳者叫东眷裴。后来又有洗马川裴与南来吴裴,总称"三支五房"。宋代以后,裴氏子孙几乎遍布天下,省外如陕西、河南、甘肃、河北、湖南、湖北、江西、江苏、安徽、四川、广东、台湾甚至南洋等地,均有裴氏后裔踪迹。仅山西省南部的河东大地,裴氏就分为"八裴十二族"。尽管裴氏支派繁多,但不论何方何地裴氏后裔,细考其谱系源流,追其本末出处,大都出自三眷之后,发端于闻喜裴柏村,故有"天下无二裴"之说。

裴氏家族自古为三晋望族,也是中国历史上声势显赫的名门巨族。"自秦汉以来,历六朝而盛,至隋唐而盛极,五代以后,余芳犹存。在上下二千余年间,豪杰俊迈,名卿贤相,摩肩接踵,辉耀前史,茂郁如林,代有伟人,彪炳史册。"裴氏家族人物之盛,德业文章之隆，在中外历史上堪称绝无仅有。

裴氏家族公侯一门，冠裳不绝，正史立传与载列者六百余人，名垂后世者不下千余人，总计大小官员三千余人。据《裴谱·官爵》记载，在上下两千余年间，裴氏家族先后出过宰相五十九人，大将军五十九人，中书侍郎十四人，尚书五十五人，侍郎四十四人，常侍十一人，御史十一人，使节二十五人，刺史、太守二百八十七人，太守以下不计其数。另外，得到王室爵封的有八十九人，进士六十八人，状元二人，贤良七人，辟举六十五人。因裴氏多次与皇室联姻，出过皇后、太子妃、王妃、驸马等三十余人。真是人才辈出，代有英贤，灿若群星，影响深远。

"家训"润无声:《河东裴氏家训》

裴氏的家规家训很多,但就《河东裴氏家训》而言,主要包括四个大的方面,即"重教务学、崇文尚武、德业并举、廉洁自律",共十二条,是要求裴氏子弟"必须这么做",绝不能打任何折扣。

第一条 敬奉祖先:慎终追远,木本水源。生事死葬,祭祀礼存。立志向善,做贤子孙。贻谋燕翼,勿忘祖恩。

第二条　孝顺父母：父母恩德，同比昊天。人生百行，孝顺为先。跪乳反哺，物类犹然。况人最灵，孺慕勿迁。

第三条　友爱兄弟：世间难得，莫如兄弟。连气分形，友恭以礼。同心同德，团结一体。姜被田荆，怡怡后启。

第四条　协和宗族：曰宗曰族，一脉相传。勿事纷争，和谐齐贤。尊卑长幼，伦理秩然。远近亲疏，裕后光前。

第五条　敦睦邻里：同村共井，居有德邻。相维相恤，友助和春。勿生嫌隙，有礼彬彬。基层良风，家国亲仁。

第六条　立身谨厚：谨身节用，明刊孝经。武侯谨慎，昭若日星。厚德载福，宽让能宁。谦虚自牧，喜怒不形。

第七条　居家勤俭：勤能补拙，俭以养廉。丰家裕国，莫此为先。颓惰奢靡，祸害无边。惜时爱物，居安乐天。

第八条　严教子孙：家庭教育，立人丕基。诲尔谆谆，性乃不移。谨信泛爱，重道尊师。传子一经，金玉薄之。

第九条　读书明德：人不读书，马牛襟裾。学而时习，其乐有余。一技专长，生计无虞。立达希贤，典型规模。

第十条　惇厚戚朋：朋友五伦，以德辅仁。益友损友，择游宜珍。戚党姻亲，和洽如春。岁时伏腊，晋接礼宾。

第十一条　慎重言语：一言兴邦，一言丧邦。圭玷可磨，言玷永伤。驷不及舌，语出须防。少说寡祸，发言有章。

第十二条　讲求公德：置身社会，公德第一。爱惜公物，遵守序秩。时时警惕，留心错失。祛除自私，免贻人疾。

解读

第一条:父母健在时要好好侍奉,去世后也要慎重地办理他们的丧事,一切都要依据祭祀的礼仪来办,并虔诚地祭祀远代祖先,一心向善,做一个贤良的子孙,使后代安定,不要忘记祖先的恩德。

第二条:俗话说"百善孝为先",孝道是中国古代社会的基本道德规范。父母给予你的恩德和上天的恩德差不多。一个人一生中那么多种行为,孝顺应该排在第一位,羊羔跪乳,乌鸦反哺,动物都能做到这样,何况是世间最有灵性的人,要给孩子立下榜样,不要轻易改变。

第三条:人世间最难得的感情,莫过于兄弟了,他们是同一个母亲所生,形体各异而气息相通的人。在一个大家庭里,要做到兄友弟恭,同心同德,紧密团结,就像汉代姜氏兄弟一样,得到后人赞扬。

第四条:同宗同族,都是一脉相传的,遇事不要起纷争,要和谐共处,向贤者看齐。尊卑长幼,伦理秩序要分明。远近亲疏，引导后人光大前人的功业。

第五条：远亲不如近邻，同在一村共饮一井之水，居住要以有道德的人为邻。相互体恤，友爱互助，和睦相处。不要因猜疑或不满而产生仇恨和隔阂，要讲究礼节。在基层形成良好的风尚，家族和国家都是亲近讲仁义之人。

第六条："谨身节用"，这个词出自《孝经》，像诸葛武侯，一生谨慎，其丰功伟业如日月星辰一般，人人都能看见。有道德的人能够承载更多的幸福，宽厚谦让的人心灵能够得到安宁。做人要谦虚谨慎，修身养性，不要把喜怒表现在脸上。

第七条：勤奋能够弥补不足，节俭可以培养廉洁的作风。正是这一条家训，使得裴氏族人历史上出现了那么多的清官廉吏。家庭殷实，国家富裕，无不把勤俭放在前面。懒惰奢靡，祸害无穷。要珍惜时间，爱护家物，居安思危，乐天知命。

第八条：家庭教育，是人才成长的基础。与现代很多家庭一样，裴氏家族也非常注重对子孙的教育。教诲不倦，坚持不懈。教育子孙在一切日常生活中的行为要小心谨慎，言语要讲信用，和大众相处要平等博爱，重视道德的培养，让他们尊敬师长。给子孙多留传一些经典书籍，少留一些钱财。

第九条：人如果不读书，就和马牛一样不懂得礼节。学习的时候要经常温习，其乐无穷。人要有一技之长，生计就没有顾虑。向社会贤达看齐，争做典范楷模。重视教育，是裴氏家族能够多年兴盛的原因。

第十条：朋友之间的伦理关系，应讲求品德和仁爱。好朋友和坏朋友，在相处时应谨慎选择，互相珍惜。亲戚朋友，如春天一样和睦相处。一年四季，接见宾客要以礼相待。

第十一条：说话一定要考虑周到，如果说一句很有意义的话，可以起到治国安邦的作用；反之，说错一句话，可能会影响到国家利益。每个人都有一些缺点，都能改变。说出的错话会永远被人记住。一句话说出来再也无法收回,所以,一定要防止出错。要尽量少说不必要的话,必须发言时一定要有章法。

第十二条:在社会生活中,做人做事都要讲究公德第一的原则。对于公共物品一定要爱护,不能事不关己就不管不问,要遵守纪律和规定。在公共场所,要时刻注意保持情绪稳定,绝不能犯低级错误。要避免自私自利倾向,免得给别人留下话柄。

"家戒"醒后人:《河东裴氏家戒》

《河东裴氏家戒》共十条,它有十个"毋",同《河东裴氏家训》一样,是要求裴氏子弟"不能这么做",绝不能打任何折扣。

第一条 毋忤尊亲:《孝经》云:"夫孝,天之经也,地之义也,民之行也。"是故,子女对父母长辈，应予孝顺，听从教诲，绝不许有违忤、伤害、遗弃尊亲之事。

第二条　毋辱祖先：木本水源，慎终追远，乃人伦之基本大道。《诗》云："毋忘尔祖，聿修厥德。"即常念尔祖，述修其德之谓。故为人子孙者，应修身明德，遵守正道，不敢为非，毋辱其祖先。

第三条　毋重男轻女：天生烝民，本为平等，无分男女贵贱，是以父母长辈，不可有重男轻女之观念。教育、生活，男女一律平等，吾姓女子不得以之嫁人为妾，或溺女婴，抛弃女婴之事。

第四条　毋事赌博：赌博倾家荡产，为害匪浅。长辈须以身作则，绝不可涉足其间。严禁青年后辈沉溺于斯，即使从旁观看，绝不许可，以杜其渐，沾染恶习。

第五条　毋为盗窃：君子固穷，一介不取。廉者不受嗟来食，志士不饮盗之泉。奚肯沦为盗贼，杀人越货之败类。吾姓子孙，须明廉知耻，做堂堂正正之人。

第六条　毋贪色淫：淫嫖败德戕身。奸淫妇女，报应随之。青年纵欲，天机早泄，损其寿算，或罹痼疾，贻害子孙。为官贪色，身败名裂。吾家子孙，允宜切戒。勿纳于邪，非礼是远。

第七条　毋吸烟毒：一般香菸（同烟），百害无益。而况吸食鸦片及有关毒品，为害尤烈。吾家子孙，应予切戒，免戕身心，倾荡家财产业，更罹法网。

第八条　毋酗酒好斗：酒以恰神礼宾，饮宜适度。豪饮酗酒，乱性败德，戕身偾事。孟子云："少之时，血气未定，戒之在色。"是故吾家子孙，力戒酗酒。忍小忿，成大谋，行大勇。切勿亲近恶少败类、寻仇斗狠。

第九条　毋忘本崇洋：近世以还，崇洋泛滥。须知身、家、国、民族为其一体，而不可或分者，亦即人之大本。吾家子孙，不可有忘本崇洋思想行动，如在某种不得已之情况下,而入外国籍,亦须保持吾中华固有之优良风尚习惯、语言、文字及祖宗之渊源。

第十条 毋入帮派:黑社会分子,危害人群。苟入其中,等于陷阱,任其驱使,为非作恶,众所痛恨,法网难容。吾家子孙,对此视同蛇蝎虎狼,应予远之,免遭祸害。

解读

第一条:简而言之,就是不能对父母不好。《孝经》中写道,孝顺父母,是天经地义的事,是做人的准则。子女必须孝顺父母长辈,听从他们的教诲,绝对不能做出违逆、伤害、遗弃父母的事情。家训、家戒中均提到了孝敬父母,可见裴氏对于孝道是非常重视的。

第二条:不要辱没祖先,也就是说不要做有辱家风,让祖先蒙羞的事情。慎重追寻,水有源,木有本,这是人伦的根本。《诗经》中说:你能不追念你祖父文王的德行？如要追念你祖父文王的德行，你就得先修持你自己的德行，来延续他的德行。也就是说常常怀念你的祖先，讲述和学习他的德行。所以说为人子孙，应该修身明德，遵守正道，不敢为非作歹，不要侮辱祖先。

第三条：不要重男轻女。天下人人平等，不分男女，无论贵贱。作为父母长辈，千万不能有重男轻女的思想，在教育和生活方面，男女要一律平等。裴姓的女子不得嫁给他人作妾，也不可丢弃或溺死女婴。在等级制度森严的封建社会，男尊女卑、重男轻女的现象是很普遍的，但裴氏作为一个大家族，却能要求子孙后代如此做，也是难能可贵的。

第四条：赌博会让人倾家荡产，家风遭损，害处多多。家中长辈要以身作则，绝对不能参与赌博。严禁裴氏族人中的青少年沉溺于此，就连在一旁观看都绝不允许，以防止其慢慢沾染上恶习。

第五条：千万不要盗窃。君子虽然穷，但是不会拿别人的东西。清廉者不会接受侮辱性的施舍，有志之士不会喝偷来的泉水。裴姓子孙要明廉知耻，堂堂正正做人。

第六条：所有裴氏子弟，一定不要贪恋女色，做出嫖娼或奸淫妇女之事。青年人一时把握不住，思淫荡，纵欲伤身，将会终生后悔莫及；成年人染上嫖娼恶习，会家破财亡，一事无成，甚至于影响寿命。

第七条：不可吸食烟土等毒品，毒品危害性极大，有百害而无一利；如果染上这种恶习，肯定是倾家荡产，贻害无穷，祸及子孙，亲戚朋友也要遭殃受害，还可能会触犯法律，受到国家的惩处。

第八条：不要酗酒斗气。适量喝一点酒，有利于身心健康，也是接待宾朋好友的必要礼节；但是，绝不能过度，因为醉酒后是会做出一些败坏道德的事情，耽误工作，还会伤害身体健康。因此，要在有酒的场合，控制自己，适可而止。

第九条：近世以来，崇洋思想泛滥。裴姓人必须知道自身、家庭、国家、民族为一体，密不可分，这是为人处世的根本原则。裴氏子孙，不可有忘本崇洋的思想行动，如在某种不得已的情况下，而加入外国籍，也必须保持我中华固有的优良风尚习惯、语言、文字并铭记祖宗之渊源，不能做有损国家的事情。

第十条：社会复杂，经常会有各类帮派、黑社会分子引诱不明真相的人加入其中，危害群众。裴氏子孙如果一不留心成为这些帮派成员，就等于跌入陷阱，就会为非作歹，最终定会受到法律的制裁。因此，裴氏子孙一定要认真判断，坚决远离他们，不做祸害民众之事。

第二话

【贤相成功的密码】

裴氏兴盛的基因：俭以养德，廉洁自律

东汉顺帝刘保永建初年，并州刺史、度辽将军裴晔定居裴柏村后，裴氏家族的兴盛就从这里开始了。裴晔的两个儿子裴羲、裴茂首先成为裴氏家族登上宰相位置的"领头人"。之后，裴茂的儿子裴潜、裴绾又都被拜为宰相，裴潜的儿子裴秀、裴頠又出任宰相。这一时期，裴氏西眷裴羲的孙子裴楷和裴楷的儿子裴宪也走上了宰相的位置。看来裴柏村真是个风水

宝地,自裴羲任相后一发不可收拾,兄弟父子簪缨相连,没有断代空缺,担任宰相的就有八位之多,裴氏家族进入自身发展的第一个高峰。姑且称之为裴氏前后五十九位宰相的"第一方阵"吧。

"第一方阵"之裴潜

"第一方阵"的作用不仅在于奠定了裴氏家族成为名门望族的基础,更为重要的是确立了优秀家风的核心标准。这些宰相们除了优秀的政治才能外,还有一个共同的特征就是为官清廉,克勤克俭。从卑微小吏到位极人臣都始终坚持简朴的生活,俭以养廉伴随一路升迁,逐步形成一种优秀的素质基因,开启了裴氏家族优秀家风家教的传承之路。

被尊为裴氏三祖之一的裴潜就是其中的典型代表。裴潜在政治生涯中先后担任过代郡太守、兖州刺史、荆州刺史等封疆大吏,晚年回到京城担任尚书令、光禄大夫等重要职务。其准确的判断鉴别能力和

裴潜挂"胡床"

有勇有谋的军事才能,都有很多的事例,我们暂且不谈,这里只说说他恪守清廉、严格律己的事。

当时,官员的俸禄是十分微薄的,大多数官员都有沉重的家庭负担,各项花费致使他们因负担沉重,心照不宣地接受"灰色"收入,贪腐行径也很常见。而裴潜却以廉洁之名贯穿始终,比起一场战役的胜利,一件了不起的政绩,一辈子坚持简朴,尤其是成为高官后仍然如旧,更是难能可贵。

在建安年间,裴潜因为杰出的军事才能得到曹操器重,升迁频繁,所到之处他都恪尽职守、清正廉明。为了不给当地的百姓增加负担,他"每之官,不将妻子",就是从不带家眷去享受地方长官的荣耀厚待。他也很少能顾及家中老小,家里因为常常得不到他的钱财,日子过得异常艰难,妻子为了补贴家用不得不靠替别人织藜芘赚取一点微薄的收入。裴潜在山东兖州任刺史时,不让公家多破费,自己亲手做了一把叫作"胡床"的躺椅,这大概是他唯一奢侈的物品吧。到了卸任离开时，他没有带走这个其实不值一提的"奢侈品"，而是把它挂在了房间的柱子上，留给后任。梁简文帝萧纲以"不学胡威绢，宁挂裴潜床"来警示朝臣；唐代大诗人李白也写诗赞叹其"去时无一物，东壁挂胡床"。

裴潜因为卓越的政治才干和清廉正气，而官职不断升迁，从吏部尚书同平章事到被嘉封为清阳亭侯，后来又担任尚书令，位极人臣，严谨俭朴的家风却始终没有变化，"风神高迈，见者肃然起敬"。他的父亲阳吉平侯裴茂，这位"退休"宰相也没有享受什么特殊的待遇，仍然常常坐着寒酸的薄辇行走在京师长安的大街上，让无数追求奢华的官员无地自容。他的几个弟弟出入办事也常常是步行，很少坐车。裴潜就做得更简朴了，甚至有史书记载，他一家大小一天只吃一顿饭。我们不知道史书记载是否准确真实，但起码说明裴潜清廉简朴的生活习惯在当时已经是深入人心了。直到去世，他给自己的最后待遇标准，依然是

"简葬"。儿子裴秀遵从父亲的遗训,只在墓穴中放了一个棺材底座,几件瓦器,其余一无所有。"贞侯"的谥号再一次褒奖了裴潜一生清廉、一身正气。让人无比感叹。

裴潜影响深远

良好的家风也得到了回报,裴潜的亲身示范,深深影响着裴氏的后人。他的儿子裴秀,由于良好的出身和家教,从小就显示出了过人之处,被称为"后进领袖有裴秀",后来勋德茂著,一直做到尚书令、左光禄大夫,并且因为对我国古代地图绘制学做出的巨大贡献,被誉为"中国科学制图学之父",为河东裴氏家族在西晋的迅速崛起起到了极为重要的作用。

晋朝末期,天下已经大乱,司空王浚自领尚书令,任命裴宪担任尚书,迫于时局,裴宪勉强答应下来,当时,贪腐盛行,但他始终与父辈们一样严于律己,清廉的名声传播在外。随着王浚统治集团日渐残暴，个人称帝野心日渐暴露，永嘉末年终为石勒所破，一时贪官污吏惊慌失措，忙着前去谢罪行贿，只有裴宪十分淡然地待在家里。石勒派人清查王浚官僚亲属家产时，发现这些人皆到了"赀至巨万"的地步，而查到裴宪家中时，只有区区书本百余帙，盐米各十数斛而已。石勒知道后感叹："果然名不虚传啊！"

魏晋之后，历经南北朝直到唐代，社会动荡不安，裴氏家族也没有幸免于难，逐渐失去了在西晋的显赫地位。因为奸臣陷害、战死疆场等原因，裴氏后人发展得并不顺利，家族一度走到了低谷。但克勤克俭、廉洁立身的家风祖训已经深深融入了裴氏族人的血液之中，成为这个家族发展不可替代的潜在能量，并且一直在传承和发扬，直到隋唐时期裴氏家族再度兴起，乃至后世始终发挥着巨大的作用。

清廉家风保持兴盛

人们惊叹于裴氏家族公侯将相数以千计,千年望族荣显的时候,总会不由得问询探究这个传奇家族如此兴盛发达的"基因"是什么?廉洁自律应该被奉为根本吧。否则,无论有多大的才能谁愿用你、谁敢用你!裴氏的先贤们也许就是这样想的,如果自己因为劳苦功高而一再放松标准要求,理所当然地贪图享受,怎么会有甘守清廉、艰苦奋进的子孙!没有廉洁自律,岂能让家族一直保持兴盛发达呢!

没有坚持清醒自立、清廉家风的后果是严重的,有反面的例子。唐代开国宰相裴寂是整个唐王朝享受待遇最好的大臣之一,与唐高祖李渊同进御膳,同坐御座,荣华显要自不必说,而他的晚年却是十分的悲惨,最终被流放边远,客死他乡。除了权力斗争的原因外,与他没有俭以养德,引得朝臣嫉恨,想必也是有一定原因的。唐玄宗时期,他的曾孙裴景仙当了武强县令,在任期间索取当地百姓的各类财物高达五千余匹。唐玄宗得知此案后大为震怒，下令要将这个大贪官"集众杖杀"。可见纵使你的家族背景再雄厚、功劳再大，忘记清廉之本终究会害己蒙羞，贻祸后人。按照裴氏家训，裴景仙肯定是进不了裴氏祖茔了，但他的事更坚定了裴氏清廉家风的传承，也算是一个反面教材吧。

廉不言贫，勤不道苦。裴潜等裴氏先祖的立命修身之道，成为裴氏后人学习的楷模，并由此进一步奠定了裴氏家族成为千百年来的名门望族的根基。裴氏家风由此绵延，不断标榜世人。

从"独立使君"的偶像,看裴氏家风的传承

人们谈起裴氏家风家教故事,肯定会提起一个人,那就是大名鼎鼎的"独立使君"裴侠。裴侠的故事是裴氏家传家训中的经典,千百年来为世人所慨叹,不知做了多少廉吏清官的楷模。然而,裴侠也是有自己的偶像的,他的先祖、三国曹魏时代的清廉宰相裴潜就是他毕生仰慕的人。

榜样的力量无穷

裴侠时时处处认真学习裴潜的为人处世之道，终生以此为榜样，鞭策自己做先祖那样的人。《北史·裴侠传》中说，这位后来既英勇善战又谋略过人的正直廉臣，竟然到了七岁还不会说话，忽一日开口讲话了，很快就表现出"志识聪慧，有异常童"的一面。除了良好的家庭教育、先辈们的典范激励外真的再想不出别的原因了。

北魏正光年间，裴侠被提升为左中郎将，在他准备跟随魏帝西迁时，决定把妻子留在东郡。他的朋友劝他："天下正乱，为什么不回到妻子身边，慢慢地选择栖身之地呢？"裴侠说："既食人禄，宁以妻子易图也？"榜样的力量如此，裴侠学他的偶像裴潜，终究是做出了一样的选择。

奉公无私，忠于职守的裴侠，从来不缺上司的赏识，依靠才干和品行一路升迁。有一年，他已经做到了河北郡太守，比起以前朝廷给的待遇已经是很好了,有三十名渔夫和猎人负责给他打鱼打猎改善伙食,三十名兵丁供他差遣为他服务,这些前任们都心安理得享受的太守待遇,却让裴侠如坐针毡,他说:"为满足自己的口腹需求去役使别人,我实在不愿意这样做啊!"

于是,裴侠上任第一件改革除弊的事,就是取消了这些待遇。菽、麦、盐菜成为他的日常主食菜单,菽是什么,大豆、大豆叶子;麦是什么,麦粒蒸煮后粗粝难以下咽的饭食;盐菜,咸菜而已。这几样寒酸的东西都是穷人糊口才吃的,可见他治下的老百姓还很贫苦,可见他不愿意优于百姓独自享受的情怀,可见他爱民如子的决心。而节俭下来的费用,裴侠全部用来置买官马,直到马匹成群裴侠又该赴新的岗位了。走的时候一如来的时候,挥一挥衣袖不带走一片云彩,这样的官员百姓怎能不爱戴!雁过留声,人过留名,裴侠留下的是赞歌:"肥鲜不食,丁庸不取。裴公贞惠,为世规矩。"直到今天,歌声犹在感召着后人，始终为世人仰止。

廉洁奉公，勤勉敬业

清廉作风成为裴侠的立身之本，而清慎奉公更使奸吏闻风而泣。裴侠到任户部中大夫后，发现有些看守仓库的官吏监守自盗，侵吞贪污的财物成千累万、触目惊心，于是，果断出手整治，严格查办，只用了短短几十天工夫，就把户部的贪官污吏一网打尽，一时震惊朝野，威名远扬。不久后他转任工部中大夫，有一个替大司空掌管钱物的人叫李贵，听到裴侠要来上任的消息，竟然恐极而泣，有人问他为什么哭泣，他说："我所掌管的公物，很多被我用掉了。裴公以清廉严厉出名，我是逃不过被他治罪责罚了，因为害怕和后悔而哭泣啊！"最后，这位叫李贵的"内鬼"，终于鼓起勇气去找裴侠自首，主动承认贪污五百万钱的事实，表示甘愿领罪。

裴侠的勤勉敬业也是有故事的。有一次他患重病卧床难起，同僚和亲友都很担忧。清晨的时候，他忽然听到谯楼上打五更鼓的声音，一惊之下立即爬起来，对左右的人说："我是不是该到府衙去工作了？"病痛竟然好了许多。

晋公宇文护听后说："裴侠的病如此危重，而不忘忧虑国事，仅仅是听到鼓声疾病便立即痊愈，这是上天在护佑他的勤奋和恪守职责啊！"

裴侠的后代、中兴名相裴度得到了一个极高的赞誉叫"全德始终"，殊不知他的先辈裴侠已经为他作出了表率，做到了"清廉始终"。晚年时，裴侠已是蜚声朝野、身居高位。有一次司空许国公宇文贵、小司空北海公申徽，一起奉旨去裴侠的家探病，惊讶地看到这位朝廷重臣居住的房子竟然走风漏气，无法抵挡霜雪寒冷的侵袭，不由为之震撼而感动不已！回去禀告孝闵帝后，皇帝也非常感叹竟然有大臣如此清贫节俭，下旨要替裴侠盖房子并赏赐良田、奴隶、农具、粮食等，而裴侠得知后都一一谢绝了。

《贞侯潜传》

为了不断激励自己，也让裴氏的子孙后代们学习和仿效先祖，把好的家风传承下去，裴侠撰写了自己的九世伯祖裴潜清廉自守的"事迹材料"——《贞侯潜传》。并定下了"凡贪官污吏者，死后禁入祖茔"的严训。他把文章抄写了许多份，不但要求裴家后代们认真学习，还大量送给宗室贵族中的知名人士，广为宣传。

裴侠的族弟裴伯凤、裴世彦当时都在丞相府任职，笑着对他说："人生入仕做官，无非是想让生活丰裕，名声显赫，您这样清苦，又是何苦呢？"

裴侠答道："清廉是做官的根本，节俭是立身的基础。何况我们裴姓是大姓，世世代代都有美誉，所以能被朝廷称道和重用，并流芳于文章册籍。现在我侥幸以平庸的才能蒙受朝廷的殊遇，坚持过清贫的生活，不是希名求誉，而在于自我修省，害怕辱没了祖先，反被世人嘲笑，这又有什么不应该呢！"同为裴氏后人差距如此之大，一番话说得二人自惭形秽，满面羞愧离去。

榜样能做到的裴侠也做到了，而且自己也成长为他人的榜样。有一次裴侠与各郡的太守们一起拜谒大权在握的丞相宇文泰。宇文泰让裴侠单独站在一边，对其他太守说："裴侠清廉谨慎，奉公守法，堪称天下第一。有谁自认为能比得上他，就站过来吧！"

众人都默然不语，没有人敢答应。自此朝野上下都十分叹服，"独立使君"的美名也流传千古，成为更多人学习效仿的楷模。

裴侠去世后，被赠官太子少师、蒲州刺史，谥号为"贞"；而他的偶像裴潜去世后被追封太常，谥号"贞侯"。历史就是这么奇妙，三百多年后裴氏家族的两位清官廉吏的身后评价就这样巧合了。实际上，裴氏家族得到"贞"字谥号的还有裴良、裴询、裴仲规、裴子野、裴佶、裴遵庆、裴確等，共有九人之多。我们也由此看到了裴氏家风传承的一段段路径，忽隐忽现地显示着裴氏家族上下二千年间,豪杰俊迈、名卿贤相兴盛不绝的传奇密码。

裴度干干净净的"朋友圈"

裴度,一生经历了唐朝代宗、德宗、顺宗、宪宗、穆宗、敬宗、文宗七朝,史称七朝元老。在宪宗、穆宗、敬宗、文宗四朝任宰相,"威望德业"二十年之久,被赞为唐代宰相之中"推度为首"。不过,要知道即使如此"全德而终"的好宰相也是凡人,也不乏七情六欲,也有个人追求业余喜好,当然也有不少好友知己,讲讲宰相裴度结交朋友的故事也许对后人大有借鉴。

与贤臣挚友相交

安史之乱后的唐帝国积重难返，朝廷气氛很不正常，德宗李适对大臣充满猜忌，派了许多执金吾（率禁兵保卫京城和宫城的官员）暗中活跃于京城的角角落落，大臣们什么举动都会被密报于他，朝中人人自危，以致不敢乱议朝政，更不敢在自己家中会见宾客。一直到宪宗时期裴度辅佐朝政，当时乱臣逆贼尚未诛除，急需要广泛结交奇才能士，共商破贼计谋，裴度于是奏请在宰相私宅接见宾客，宪宗准奏。从此他的家就成了天下贤才俊杰为国家献计出谋的场所。这算是裴度建立的一个工作"朋友圈"吧。

裴度也有个人爱好的朋友圈。他很喜欢诗歌，处理公务之暇，常与诗人白居易、韩愈、刘禹锡、张籍等相聚畅谈，放声吟唱、饮酒、弹琴、书法娱乐。当时的名士，都相从交游。每次有名望的人士从东都返回京都，文宗必定先询问他："你见到了裴度吗？"

无论在长安还是东都洛阳，裴度的家总会成为文人相聚的中心，心底无私干净正派，无人不敬重。与志趣相投的人在一起，他不是什么名相，只是普通人。"元和中兴"的出现也带来了继盛唐之后的又一个诗歌巅峰，作为中兴宰相的裴度，可谓关键人物之一。政治上的光辉并没有掩盖其文学上的成就，《全唐诗》辑其诗十八首，独编为一卷，《全唐文》载其文三十篇，在唐代鼎盛的文学史上留下重重一笔。可谓，集贤臣成就大业，聚挚友也作华章。

跟元稹的故事

裴度也在不断净化着他的朋友圈。说说他和元稹的故事吧。元稹聪明机智过人，早有才名，与白居易同科及第，并共同倡导了新乐府运动，给世人留下"曾经沧海难为水，除却巫山不是云"的千古佳句。

裴度和元稹很早就相识了。元和四年春，元稹奉命出使剑南东川。初登官场，意气风发，一心为民，报效国家，遂大胆劾奏不法官吏，平反许多冤案，得到民众的欢迎和赞誉。这些举动触犯了朝中旧官僚阶层及藩镇集团的利益，很快他们就找个机会将元稹外遣东都洛阳。裴度也因为"密疏论权幸，语切忤旨"离开京都长安赴任河南府功曹。两人同路前往东都洛阳，都是因为刚正不阿，蔑视权贵，反对宦官被贬，想必一路上两人说了不少痛贬时事惺惺相惜的话。后来，元稹仅仅因为不愿让出馆驿的上房这一件小事，就被宦官仇士良用马鞭抽到鲜血直流。更为冤枉的是，元稹反而被唐宪宗以"元稹轻树威，失宪臣体"为由，贬为江陵士曹参军。此时，仍可见元稹疾恶如仇，宁违圣意，不与污流的刚直品格。

困顿州郡十余年的贬谪生活后，元稹的仕途忽然就特别顺利起来，不断地得到升迁，甚至到了"一日之中，三家新命"的地步，在不到两年的时间内，由一个七品小官攀升至宰相。虽有众多原因，而他违背初衷结交宦官,侥幸得位的行为却终为世人不齿。那个意气风发、一心报国的正直文人再也不见了,而裴度和他的友谊随即再也不见了。裴度甚至冒着很大的政治风险写过一篇著名的《论元稹魏宏简奸状疏》,向皇帝揭发元稹等奸臣的种种劣行,道不同不相为谋,朋友自然也是做不得了。

不与奸佞为伍

宦官专权,是唐代后期政治腐败的重要原因。许多朝臣为了取得皇帝的信任,暗中巴结,在宦官面前低声下气,就连当朝宰相李逢吉,包括著名诗人元稹也是如此。裴度秉公执政,不避权贵,常在一些具体问题上,反对和打击宦官势力。宁受排挤,也坚持不与奸佞为伍!

平定淮西战乱时,裴度力排众议,请命督军,发现一众宦官担任各路讨伐军监军使,这些依仗朝廷之势,不懂装懂的宦官们,对军务之事横加干涉,进退由不得主将。胜利了抢先报功，打败了推卸责任。裴度正直无私的品性在这件事上体现出来了，他丝毫不怕得罪这一权势集团，上书唐宪宗李纯撤销了讨伐淮西各军的宦官监军使。官兵欢呼雀跃，对裴度心服口服，将领们自然和他推心置腹，以友相待，最终取得了讨伐逆贼、平定淮西的胜利。然而毕竟是得罪了宦官集团，面对部下的担心，裴度坦然道："人无志，非人也。何为志？依我之见，志者，社稷之安，百姓之福也！"个人得失又算得了什么。

昭义之变，宦官刘承偕仗着他是太后的干儿子和皇上对他的宠信犯下重罪，如何处置？朝臣们一个个装聋作哑，不置可否。唯有裴度直言上书："正是陛下任使不明，才致刘承偕乱法如此，为缓解当下危急，应集三军斩之！"并当着穆宗李恒的面怒斥了说情的官员们。其时，宦官势力正盛，裴度的话举座皆惊，暗自感叹其正义和勇气。裴度每一次受排挤、打击，其实都直接、间接地与宦官有关。即便如此，面对有些宦官慑于其威望和影响有意结交，他却始终不卑不亢，拒绝了送上门的有用"朋友"。

古人云："益者三友，损者三友。""君子周而不比，小人比而不周。"每一个人成长和奋斗的路上都会有朋友相伴，结交什么样的朋友一定会左右前行的方向，一定会影响美德的坚持与传承。裴度一生功勋卓著，留下正直廉臣千古美名。他一生慎交友、交良友，团结而不勾结，始终干干净净的"朋友圈"，值得我们每一个人深思与学习。

好家风于细微处筑起防火墙

有一句俗语叫"针尖大的眼进斗大的风"。古人有话:"贿道一开,辗转滋甚,鞭靴不已,必及衣裘;衣裘不已,必及币帛;币帛不已,必及车舆;车舆不已,必及金璧。"看到了吧,小节上不拘,将来一定大节难保。蝼蚁之穴,可溃千里之堤就是这个道理。

当小的诱惑找上门来的时候,考验你的时候就到了。有人会告诫自己"就这一次",有人会做主张"小事无所谓,大原则我不会变",有人会自我安慰"大家不都是这样,怕什么",林林总总有很多的理由怂恿着打开这个针尖大的眼儿,后果可想而知。可是也有很多人会果断拒绝,因为他们所接受的是正确的教育熏陶,明白"小者大之渐,微者著之萌"的道理。裴氏家风就有着这样的作用,如同一种神秘的力量,从最初时、从最小处建起的防火墙,护佑着子孙后代们始终心如明镜,不染纤尘,不为小利所动,不为小利所害。

裴宽瘗鹿

让我们重温裴宽瘗鹿的故事吧。唐代名臣裴宽在初任润州参军时,有一个准备求他办事的人送来一些鹿肉,大概是怕他拒绝,放下东西就匆匆离去。家仆喜滋滋地来禀报,裴宽忙问:"谁送的?人呢?"

家仆道:"来人说就一点点的鹿肉,放下就走了。"

裴宽立刻对家仆说:"你把鹿肉拖到后面的菜园里去。"

家仆把鹿肉拖到菜园后,只见裴宽已经挖好了一

裴宽瘞鹿

个土坑。家仆问:"大人这是干什么,大人不吃鹿肉?"

裴宽说:"不是不吃,而是这鹿肉太馋人了,赶快把鹿肉埋了。"

家仆说:"大人,又不是多贵重的东西,鹿肉太馋人了,埋了多可惜啊。"

裴宽摇摇头说:"就是因为太馋人了,我快把持不住了,赶快埋了。"

仆人哪里明白他的意思,认为大人一定是疯掉了,大叹可惜。

此时,刺史韦诜正和家人登楼观景,看到了这一幕,觉得很奇怪,忙问左右才知道是裴宽的家宅。于是把裴宽叫来询问。裴宽对韦诜说:"不知是谁给我送来一些鹿肉,虽然不是很贵重,也没有外人看到,也无法归还。可是我不敢自欺欺人,只有马上把它处理了,我才能心安啊"

韦诜说:"既然礼物不重,又是如此美味,不把它吃掉岂不可惜?"

裴宽说："欲者，钩也。我发誓不收受贿赂以玷污家门，我怎能违背自己所说的话，自己上钩呢？"正所谓"不敢自欺"。韦诜方才明白裴宽的用意，不由点头称赞。

韦诜越想越觉得能这样做实在值得钦佩，于是对这位"疏瘦而长，形如鹳雀"的属下青眼有加，真正看到了裴宽人性的闪光点，认定他一定前途无量。于是推荐他任按察判官，不久又将自己的爱女许配给裴宽为妻。事实证明，韦诜的眼光不错，裴氏夫妇果然白首偕老。裴宽也一路坚持不敢自欺的原则，不附权贵，忠于职守、清正廉洁而政声卓著。他由蒲州刺史升任太原尹的时候，唐玄宗曾赋诗赠之："德比代云布，心如晋水清。"给了他相当高的评价。良好的家风家教犹如护航利器，陪伴裴宽从小廉吏做到名扬后世的大清官。

裴休、裴坦小节保清廉

晚唐时期一代名相裴休初到长安时，一直保持着低调和朴素的处世和生活习惯，仍身着麻衣，轻车简从。他居住的长安永宁坊还住着几位显赫的邻居，其中一位是金吾将军张直方，是一代名将、兰陵郡王张仲武之子。有一天，裴休登门拜访张直方，受到了热情接待，宴席之丰盛、规格之高使他心里非常不安。虽然第二天张直方在朝中对裴休大加赞赏，但裴休却因此不再登张直方的大门，即使张直方屡次请他赴宴也推辞不去。因为他觉得这样奢侈的场合自己不应该去，张直方的过分赞赏也会给自己带来口舌之祸。一向跋扈的张直方在此事上却表现得非常大度，不但不怪罪裴休，反而主动向朝廷推荐裴休。可见谨言慎行、注重小节总是受人敬佩的。

还有另一位宰相裴坦的故事。当时，裴休已经是宰相，不知道什么原因很看不上裴坦，曾经不顾亲戚的情面拒绝推荐提拔。但是，裴坦后来还是坐到了宰相的职位上，裴氏优良家风依然很好地体现在他身上。唐代晚期，世家大族奢靡成风，裴坦一直保持着清廉俭朴的生活。一天，他去看望新婚的儿子儿媳，新娘子是大官僚杨收的女儿，杨收生活奢靡，爱摆排场的行为早让裴坦深为不满。当他发现陪嫁的物品非常之多，非常奢华，连茶台上用来盛放果品的小盘子都雕刻着鱼和犀牛等精美的图案，大为恼火，呵斥道："你们这样是败坏了我家的门风啊！"说完推倒茶台拂袖而去，并把其他陪嫁都退了回去。后来，杨收果然因接受别人的贿赂被朝廷免去了官职，而裴坦严格自律的事迹被广为传扬。后来，唐昭宗每每听到咸通年间裴坦注重小节、清正廉洁的事情，就会整理好衣冠，起身肃立，以表尊敬。

　　裴坦的这种家风也得到了很好的传承，后来他的侄子裴贽官至中书侍郎、同中书门下平章事，也当上了宰相。当时已是大唐帝国分崩离析走向灭亡的时期，权宦当道，贪腐成风，唯有裴贽像一股清风行走在朝堂。唐昭宗曾经十分怀疑裴贽只是表面上严谨廉洁而私底下奢靡，可是马上就有人向昭宗说明情况，说裴贽是咸通时大臣裴坦的侄子，很有其叔父的风范，他只是因为把很远的亲戚都聚在一起同住，家里人又多又杂，进出没有节制，所以才显得像个有气势的大户人家。防火墙在这时又起到了很好的保护作用，而这面墙就是裴氏家族传承的优良家风，裴矩、裴贽们都牢记且做到了。

人生处处有诱惑，贪欲者自上钩。积羽沉舟，君子禁微。如果不对别人都觉得无所谓的"小诱惑"警觉严拒，随着职位的升迁，权力的扩大，那些接踵而来的变着花样的"大诱惑"能不能拒绝就很难说了。"一篙松劲退千寻"，任何时候都要严字当头，视小节如大节，一旦突破了"初次"的防线，轻视了小节的重要，一定会门户渐开，脚底不稳，滑向深渊就是迟早的事了。

心怀百姓公而无私,裴耀卿的为政之道

裴耀卿,史书上称之为盛世名相。为唐王朝开元天宝一代盛世立下了汗马功劳,堪称中流砥柱。

神童成名相

裴耀卿在父亲裴守真以及裴氏家风的教导熏陶下,五岁就能提笔著文,八岁神童擢第。良好的家风造就了他的正直品格和广阔胸怀,敏而好学增长着他

的才干。弱冠授秘书省正字,俄尔补相王府典籖。当时的相王李旦即位,裴耀卿被任命为国子监主簿,检校詹事府丞。后历河南府士曹参军,进考功员外郎,除右司、兵部二郎中等多个职位。凭借他超人的才干得到了唐睿宗李旦、唐玄宗李隆基的赏识,历经锤炼也逐渐形成公道正派、爱惜百姓、善理财政、志在荐贤的为政之道,成就了一生建功立业,成为一代名相的传奇仕途。

裴耀卿成为宰相之前,在多个地方担任主要官员。每到一个地方,他都会结合当地的实际情况,为百姓谋福利。开元初年,在唐玄宗的受命下,裴耀卿成为唐朝国都长安令。主政天子脚下,为他施展政治抱负提供了更大的舞台。当时,长安实行的是"配户和市"制度,官府下达征购条令,把需要采购的物品分派给每户。然而购买的价格实际上远远低于市价,有的人家没有官府要的物资只好向富庶的人家购买,贫苦百姓根本负担不起。每到征购之时也成为百姓绝望之日，在官府高压之下不得不借高利贷来应付，京城的奸商们借机大放高利贷捞取厚利，老百姓不堪重负苦不堪言。天子脚下又怎样？多年重症顽疾却没有人敢下猛药治之，也许老百姓的叹息他们听不到吧，还是因为他们的升迁根本不需要百姓的声音。

然而，这绝不是裴耀卿的为政理念，他一到任就高举改革之剑，下令把原来摊派给贫民的任务都转到了富户头上，并且商定好价格，预先付钱，让富户和商户也有合理的利润。民之怨恨迎刃而解，长安百姓无不感激涕零，奸商们悻悻收回了他们的贪婪之手，官府采购也变得方便轻松多了，而且朝中官吏无不心悦诚服。他任长安令两年，百姓得以休养生息，社会秩序井然，一派安居乐业景象。到他离任时，人们依依不舍，十分感念这位敢做会做的清官。

直言谏皇帝

开元十三年，裴耀卿初任济州刺史。这一年，适逢国值"开元盛世",玄宗前往泰山封禅。陪同的有文武百官、皇亲国戚和外邦客使,队伍浩浩荡荡,风光无限。封禅大典仪仗队前的马队,就以各种颜色的一千匹马作为一个方队,交错排列,远远望去就像彩云绣锦,可见规模阵势之大,盛况奢靡空前。

玄宗皇帝自诩为一代明君,炫耀自己伟大功绩的心态可见一斑。济州是前往泰山的必经之地,这是多么好的逢迎帝心、歌功颂德的机会啊!然而,裴耀卿却没有更多地惊扰老百姓,献上的礼物仅仅是当地的土特产——柿饼,还特意有点不合时宜地上书玄宗"人或重扰,则不足以告成",说皇上啊,封禅大典如果太扰民的话,向上天报告国政的成功就不完美了啊!玄宗深感其爱惜百姓心意,称赞道:"不劳人以市恩,真良吏矣!"还说要把这句话作为座右铭,常常警诫自己。可见不唯上、不为私,心系百姓才是君臣世人都能接受遵从的为政理念。

还是封禅这一年秋天,"秋大水,河堤坏决,诸郡有闻，皆俟诏到，莫敢兴役，害既滋甚，功无已时。"泛滥的洪水冲垮了济州以及附近各州的许多堤坝，已经严重威胁到沿岸百姓的生命财产安全。由于治理河道是巨大的工程，责任重大并且审批程序烦琐，沿黄诸州刺史都不敢擅自开工修筑河堤，只是消极等待皇帝诏书。因为规定就是这样的，刺史们都知道没有得到朝廷的批复就动工有可能会被处罚，如果被别有用心的政敌抓住把柄参劾一本，岂不是大大影响前程。这时，只有裴耀卿毫无顾忌地站了出来，坚定地说："不动工筑堤，不是至公。"眼看见灾害肆虐却不赶紧制止，这是为政一方"父母官"的应有作为吗！奉公守职的训诫你们都忘记了吗！于是，裴耀卿果断召集济州的官吏百姓，马上开工修堤补坝，并且亲自驻守在工地上监督指挥。

军民因为有刺史亲自守在工地上万分感动，工程进展得很快。就在这时候，裴耀卿接到了朝廷调他担任宣州刺史的诏书，他非常担心，万一接任自己的官员也如其他地方一样非要等到朝廷的命令,不敢继续施工,岂不是前功尽弃了吗?遭殃的还是老百姓啊!他决定不顾要他赶紧到职的催促,把诏书悄悄压下,更加勤勉地监工督促,加快工程的进度,直到堤坝竣工后,才向大家宣布了自己调任的事。这样的"父母官"百姓们自然发自肺腑地爱戴和感激,百姓刻石立碑颂扬他的功德,还留下了不为私利、敢于担当,一心为民的千古佳话。

漕运工程造福百姓

裴耀卿从政以来就这样踏踏实实不辱使命为国分担,一心无私为民分忧。开元二十一年,时任京兆尹的裴耀卿再一次展示了他经邦济世的非凡才能,在玄宗皇帝面对长安大饥荒一筹莫展之时,献上他已筹划多年的改善漕运、布局粮仓的良策。漕运方案实施后效果显著,不但缓解了当时的危急情况,而且为唐王朝乃至后来数百年中国经济发展和社会稳定都起到了举足轻重的作用。漕运的作用后来越来越显现，三年时间就为长安地区积蓄了七百万石粮食，同时节约运费三十万贯。这时有属下建议："把这些钱献给皇帝吧，应该让圣上知道你的功绩啊。"

裴耀卿说："这些钱财本来就是国家的，我怎么可以用它来邀功求宠呢，绝不可以！"此事后，裴耀卿被任命为黄门侍郎、同中书门下平章事，任江淮都转运使。当上宰相位极人臣，裴耀卿的政治理想和文人抱负应该说已经取得了极大的成功。但他的为政之道没有丝毫改变与懈怠，高尚的品格反而更加清澈起来。

以上几个小故事，我们能够清晰地感受到裴耀卿坚持一生的为政之道。如同受他恩惠的百姓、忠诚维护的国家、毕生维护的正义，公道明理自在人心。

清风凛然,大公无私——裴氏宰相的人才观

裴氏家族做到宰相的先后有五十九人之多,其余将军、刺史、封疆大吏等更是众多。身居高位为国家选拔人才,分清良恶,擢拔才能,贬抑庸劣,乃是职责所在。唯有正大光明,清风凛然,才能使皇帝大臣折服。让我们看看他们是怎么做的。

量才而用,不敢有私

史料记载,裴垍做相,严明法治,考课吏绩,器局峻整,人不敢干以私。意思是说,裴垍为官正派,从不做受请托受贿之事,同朝官员知其脾气秉性都不敢轻易去找他谋官办私事。而偏有个朋友不信这个,竟然说:"我和别人不一样啊,以我们多年交情他会给我面子的!"于是专程到京城来拜访裴垍。

有朋自远方来不亦乐乎!裴垍设酒款待,重礼相待,欢谈叙旧,气氛十分融洽,朋友赶紧趁机提出了自己的要求:"我也为官多年,清廉有名,口碑尚可,我想去做京府判司,不算违反你的规矩吧。"

没想到,酒杯未落裴垍就立刻予以拒绝:"你确实有才能、有政绩,然而这个职位不适合你,我裴垍可不敢因为私交而破坏国家的法度。"

朋友以为他只是官居高位,官话而已,仍不死心,继续打友情牌:"你我好友多年,我的要求也不算过分,你如今贵为宰相,难道就不能为朋友办一点事吗？"

听到这些，裴垍回答得更干脆了："他日有瞎眼的宰相怜公者，不妨得也，垍则必不可。"裴垍这么说，也是这么做的。他所推荐的李绛、崔群、韦贯之、裴度、李夷简等人后来都相继做了宰相，不辜负期望成为一代名臣。可见他知人善任，选人用人之独到、之无私、之精明、之不负众望。他为相时期朝无奸佞，百业渐兴，出现唐后期少有的清明时期。

唯才是举，举亲不避

开元二十一年，关中久雨，长安发生饥荒。唐玄宗接受宰相裴耀卿的建议疏通漕运，征调江淮粮赋，以充实关中，并让他兼任江淮转运使，主持漕运事宜。为了不负重托，裴耀卿推荐同为裴氏族人的裴宽为户部侍郎，作为副手协助自己办理漕运。裴宽入仕从政以来廉明清正、刚直不阿、严格执法，"裴宽瘗鹿"的美名早已传播天下。后来，事实证明裴宽果然不辱使命。每一天经他手里出入的钱财数以万贯计，他始终一尘不染不贪一分一厘。玄宗皇帝曾赋诗褒奖其人品："德比代云布，心如晋水清。"一片公心才能没有用私之嫌，唯才是举自然光明磊落。

不结帮派，反对权奸

裴度坚持治理国家要任用贤才。宪宗元和十三年，他极力反对任用"掊克取媚"的皇甫镈为宰相。裴度为将相二十余年，荐引过李德裕、李宗闵、韩愈等名士，重用过李光颜、李朔等名将，还保护过刘禹锡等，但从不荐引无才的亲友为官。唐朝后期，在朝官结为朋党相互援济的情况下，他不拉帮结派，反对权奸，坚持唯才是举，展现的正是他的公正廉明、无私正直之处。

还有唐肃宗时期，宦官李辅国权倾朝野，宰相及朝中大臣想见皇帝都需经过李辅国的安排，皇帝的诏书也需要李辅国的署名才能施行，群臣不敢提出不同意见。溜须拍马、趋炎附势的官员也越来越多，形成了很大的一股势力。宰相裴冕等正直之臣无不忧心忡忡。李辅国的野心也随之与日俱增，开始觊觎宰相的位置。他多次暗示裴冕等到肃宗那儿去举荐他，可裴冕始终不置可否。当另一位宰相萧华私下询问他的意见时，裴冕断然道："我根本就没有推荐他的打算，可以砍断我的臂膀，他想当宰相绝对不行！"在当时的形势下，能坚守这样的态度是何等的勇气与决绝。后来同样未支持李辅国的宰相萧华果然被罢相，裴冕也屡遭排挤陷害，然初衷不改一再与强横的权臣正面冲突。

唯德是从，德才并举

裴垍不给好友面子，而裴耀卿冒着政治风险举贤不避亲，更有绝不做瞎眼宰相，宁可断臂也不做违心之举的裴冕，如果不是将职责使命高于一切，他们怎会做出如此斩钉截铁，毫无私情的事情呢！可叹，后世却不缺乏以伯乐自居,结党营私,网罗羽翼,提拔重用祸国殃民、腐化堕落官员的"瞎眼宰相"。

裴氏宰相们大公无私为国家选贤任能的品行气节,为后人树立了标杆,成为裴氏家族赢得信任与尊重,不断报效国家的重要原因之一。

人生何事须聚蓄——裴氏先贤的财富观

裴氏家族自古为三晋望族,也是中国历史上声势显赫的名门巨族。史书上说:"自秦汉以来,历六朝而盛,至隋唐而盛极,五代以后,余芳犹存。在上下二千年间,豪杰俊迈,名卿贤相,摩肩接踵,辉耀前史,茂郁如林,代有伟人,彪炳史册。"其家族人物之盛,德业文章之隆,在中外历史上堪称绝无仅有。然而裴氏家族并没有为子孙后代留下与"宰相村"、大家族相匹配的深宅大院和万贯家财，裴氏祖先们为裴柏村留下可见的东西甚至是寒酸的。裴氏的后人们却很自豪，因为裴氏祖先们留下了真正珍贵的财富——自强不息的精神力量和修身自重的道德典范。

钱财永远是一块试金石，对它的认知态度衡量的是人的内在本质，更决定着一个人的精神追求。在清慎的裴氏家风浸染下，很多裴氏族人都展露出了虽崇尚节俭却气势如虹的人生风范，培养出一代又一代廉洁自律、德业并举的优秀代表人物，这与他们清廉守纪、注重根本、着眼长远的财富观是密不可分的。

绝不以鸿都之事仰累清风

北齐时期，裴昭明在很多地方做过官，都留下了勤勉清廉的好名声。他有一段非常著名的话，表明了他的财富观："人生何事须聚蓄，一身之外，亦复何须？子孙若不才，我聚彼散；若能自立，则不如一经。"所以，他一辈子都不经营积聚产业，对财富无比淡漠,把名声看得比什么都重要。在他出任长沙郡丞,到快要离职时,刺史王蕴对他说:"你一向这么清贫,一定没有回去的路费。如果有人给你送礼要谋求官职,我是不会管的。"

裴昭明的回答是:"岂以鸿都之事仰累清风!"意思是:怎能因为卖官鬻爵的事情连累清正的名声呢。

还有一次裴昭明在地方任职期满回到都城,贫困得几乎一无所有。齐世祖说:"裴昭明罢职回来,清贫到连住的地方也没有。我不太熟悉历史,不知道古人中有谁能和他相比?"这不又是一个"独立使君"吗!可见"官到贫时方为清",成为很多裴氏族人为官从政的信条标准。

身心安稳则道德昌隆

裴文举,齐公宇文宪刚建立幕府任其为司录。宇文宪出使剑南,又任裴文举为总管府中郎。武成二年,任使持节、车骑大将军、仪同三司。蜀地田地肥沃，经商会有百倍的利益，有人劝他借机求利，他回答说："利益中最贵重的，不如身心安稳，身心安稳则道德昌隆，远非财货可比。我不孜孜求利，不是厌恶财富。"

宇文宪可怜裴文举的贫穷，常想资助他，他总是推辞，拒绝得多，接受得少。保定三年，迁任绛州刺史。他的父亲裴邃曾任正平郡太守，始终以廉洁简约自守。每次视察春耕，了解民俗，都是单车独骑。裴文举到绛州任上，完全遵循父亲的做法，百姓都赞美他并受他的感化。道德的力量是无形的也是巨大的，韦孝宽对他十分敬重，以致每次与他谈论时都会不知不觉地移座到他面前。

看淡财富，成就大事

裴行俭率军抗击突厥军队的战斗，成为大唐历史上浓墨重彩的一笔。他的雍容大度，更成就了不朽的功业。有一次，皇帝赏赐他骏马及珍贵的马鞍，令史给他送去时跑得太急,结果马跌跤还摔坏了马鞍,令史心里害怕,只好逃走了。裴行俭派人把他找回来,对他说:"你想错了,怎么能这样小看我?"他依然像以前那样对待他。

击败阿使那都支后,缴获了一个两尺多宽的玛瑙盘,裴行俭让军吏王休烈拿出来给将士们观赏。王休烈上台阶的时候,不慎跌倒把盘子摔碎了,他惊恐万分连连叩头请罪。裴行俭笑着说:"你又不是故意摔破的,用不着这么害怕。"没有表现出丝毫惋惜之情。唐高宗将从阿使那都支那里缴获的财产金器三千多件赐给了裴行俭,另外还有与金器价值相当的各类牲畜,裴行俭都统统分给了亲戚朋友和下属将士,几天之内就全部分完了。

不为金钱所累造就高洁品行

宰相裴度二十四世孙裴盛,出身诗礼之家,天生聪颖,八岁入乡校,明宣德元年中举,只做过训导、教谕之类的小官。宣德元年，他赴省试时，有一位八十余岁的失明老僧，托他将八十五两白金捎给肇庆天宁寺僧官。当白金如数送达时，僧官拒收并惊诧道："我俩二十多年都没有见过了，而且期间毫无音信，都不知他是死是活，怎么还有送金之事呢？"裴盛最终还是坚持交给他，说："受人之托，安可负之？"僧官非常感慨，这般看淡钱财信守承诺的人简直是太难得了！僧官得知裴盛是自崖州跋涉赶考的学子，便自愿拿出一半的白金作为感谢，给他补充一点盘缠，裴盛力辞不受。同一年，在广东乡试中裴盛一跃中举，人们都说这是"信义致金"所获的报答。

裴盛后来在平凡的岗位上，办了很多兴学助教、纾解民困的好事，晚年归乡后自奉淡泊，瘁心民生，成为奉祀"乡贤祠"的名贤之一。以高洁品行彰显着裴氏优秀家风的无穷魅力。

裴氏家族中这样的事例不胜枚举，还有宰相裴炎家"无儋石之储"等故事至今传为美谈，这些事迹不仅仅教导和激励着裴氏后人,也成为更多有志之士学习的榜样。后来,民族英雄林则徐也曾说过和裴昭明类似的话:"子孙若如我,留钱有何用?贤而多财,则损其志;子孙不如我,留钱有何用?愚而多财,则增其过。"看来,先贤廉吏们的认识是一致的,子孙如果不才,积累再多的钱财也会被散尽。

为官者都知道"吏不畏吾严而畏吾廉""公生明廉生威"的道理。有了正确的财富观,自然会有自觉廉、坚持廉、终身廉的自觉行动,才能在实现个人理想抱负的奋斗路程上不为金钱所累,不成为金钱的奴隶。

裴矩"佞于隋而诤于唐"的启示

初唐名臣裴矩"先佞后诤",其变化过程值得深思。裴矩是裴氏家族庞大的官员群体中一个奇怪而复杂的人物。历仕北齐、北周、隋朝、唐朝等四朝,隋唐时期著名的政治家、外交家、战略家、地理学家。

隋朝时他叫裴世矩,因为善于揣摩洞察隋炀帝杨广的心思,并且不顾事情是否妥当,一味投其所好,留下了不好的名声。到了唐代,为避唐太宗名讳而改名为裴矩。名字变了,性情也发生了彻底的逆转,成了常常"犯颜直谏"的诤臣良相,清明朝政的护卫者。如此自相矛盾的复杂人生经历,让人疑惑不已。

当今我们研究弘扬裴氏家族的家风家训,这样一个毁誉参半的事例也不应该排除在外,毕竟优良的家风家教也是在历史长河中慢慢积淀而来的,只有深入地研究和思考才能接近真相,懂得真谛。让我们看看裴矩的变化究竟能给人们怎样的启示。

裴矩其人

裴矩到底是怎样的一个人呢,还是让我们从头说起吧。他的爷爷裴佗是著名的清官,博学多才、为官公正、有为而清廉,非常关心百姓疾苦,经常把自己的俸禄捐献出来,救济穷苦百姓。老百姓十分敬仰裴佗,甚至在他离任时成群结队依依不舍地送他到边界。裴佗一生不蓄家产,家里仅有三十步大的宅院,夏不用伞盖,冬不穿皮袄。裴矩的奶奶辛氏,也是一个伟大的女性，裴佗早逝后，悉心教育裴让之、裴诹之、裴讞之、裴谋之、裴讷之、裴谒之兄弟六人。兄弟六人个个勤奋好学，精通诗文、富有才情，在事业上均取得了很高的成就。可惜，裴矩尚在襁褓之中，他的父亲裴讷之就早早去世，伯父裴让之承担了抚养义务。

裴让之富于文才、伶俐善辩，历仕东魏、北齐两朝，官至中书舍人，颇有政绩，且以诗文知名于世，常常因为秉公执法而得罪权贵。严教子孙、读书明德、友爱兄弟、协和宗族、立身谨厚这些裴氏家风精髓都一一体现在裴矩的成长环境里，在这样的家庭环境中长大的裴矩也不负众望，从小勤奋好学，文章华美，很早就因为博学而名声远扬。由此，我们看到了裴矩的第一张面孔。

报效国家的忠臣良将

裴矩学有成而入仕了。他的祖辈父辈们，这些裴氏家风的优秀继承者和开拓者,允送他的目光是温暖的,更是充满希望的。这位文武兼备的青年才俊,满怀抱负又才能卓越,果然做过不少有益于国家的事情,尤其在外交策略、安定边境方面立下载入史册的功勋。

岭南首秀

开皇十年,裴矩奉诏巡抚岭南地区。他尚未启程,便得到了江南作乱的消息,隋文帝正在为难之际,裴矩自告奋勇前去平定叛乱。在满朝怀疑之中,这个文官靠着沿途招募的三千士卒,一举平定二十余州,并在战后的安抚工作中表现突出,既安定了边境又进一步扩大了国家的版图,充分展示了他卓越的军事才能,过人的胆识与才干。才能首秀大获成功,因为安定岭南之功,被册封闻喜县公,并任命为民部侍郎,后又改任内史侍郎,从此成为杨隋政权的重要人物。

讨伐突厥

平定岭南不久,当时强盛的突厥多次侵犯隋朝边境,隋文帝任命裴矩为长史随军出征讨伐。这一次,裴矩开始展露出类拔萃的外交才能和谋略手段。在兵马并不强壮的情况下,没有单纯依靠军事行动,而是结合实际,充分使用谋略,挑唆突厥人互相攻杀,令草原帝国突厥实力大损,并使突厥从此分为东西两部,直到唐中期灭亡。裴矩的这些政策取得的一些效果,不仅保障了丝绸之路畅通,加强了中原和西域的联系,还使河西走廊成为隋唐时期中西贸易的集散地。很多年以后,唐朝的辉煌发展直接得益于裴矩的这一杰出成就。回京后裴矩任尚书左丞,后改任吏部侍郎,以称职闻名。

经略西域

随着边境开始安宁、丝绸之路的通畅,西域各国都集中到张掖开展商贸活动。这时对裴矩影响巨大的隋炀帝杨广继位了，大业初年，裴矩奉新皇帝的命令去监管互市。裴矩依然是心怀抱负，他并没有止于监管互市的单一职责，又做了一件非常了不起的事情。到达张掖后，裴矩详细了解了西域的风俗人情和山川险要，撰成对西域地区进行系统研究的重要成果——《西域图记》。

《西域图记》原书三卷，记载了西域四十四国山川地理、物产名称、风俗人情，特别是标明了所有的关塞险要等军事要点，并绘有地图。在这些情报的帮助下，大业五年，杨广率领大军亲征吐谷浑，扩地五千里。稍后薛世雄进军伊吾，在汉时的旧城东面修筑新伊吾，裴矩同往经略，巩固隋王朝与西域诸国的联系。

在隋王朝与吐谷浑、西突厥的斗争中，裴矩运用一系列外交和军事手段最终达到了让吐谷浑、西突厥归附的目的。裴矩以国家为依托，政治、经济、外交手段三管齐下，系统完备地经营西域，对隋王朝北部边境的安定起到了巨大的作用。所以,有人评说在西域问题上,裴矩的历史贡献不亚于汉代的张骞。

裴矩制定实施的外交政策影响深远,不仅在国内享有盛名,也引起了很多外国学者的关注,甚至出现了介绍他的外文专著。

裴矩在隋朝后期的一系列举止终于让他背负上了奸佞之臣的名声,他有了令人不齿的第二张面孔。

正言直谏的忠臣

裴矩归降唐朝,我们又看到了他的第三张面孔。因为这次他所面对的君主是唐太宗李世民。李世民急切地希望大臣讲真话、说实话。面对虚心纳谏、从善如流的唐太宗,裴矩变成了另一个人,敢于正言直谏,甚至敢为皇帝纠错。

唐太宗继位之初,知道许多官员常常收受贿赂,决意要惩治腐败,于是想出了一招"钓鱼执法"的妙计,暗中派人以财物行贿,引诱官员上钩,然后杀一傲百。果然就有人上钩,有一个司门令史的小官,接受了一匹绢,虽然其受贿的数额很小,可太宗还是勃然大怒,准备杀了这个小官员。裴矩义正词严进谏说:"官员接受贿赂,确实应该严惩,但陛下使用财物试探他们,让人落入犯法的陷阱,恐怕不符合'道之以德,齐之以礼'的圣训"。

太宗感觉裴矩言之有理,欣然纳谏,并褒奖他说:"裴矩能当官力争,不看朕脸色行事;如果每件事都能如此,何愁天下不治!"这件事情之后,李世民就断然抛弃了"陷人于法"的"钓鱼执法",下定了"以至诚治天下"的决心。正是由于唐太宗的这种表现,裴矩谏言的次数也越来越多,甚至常常"犯颜直谏"弄得太宗下不来台。因为裴矩所谏之事大都有理有据,太宗非但没有责备他,反而愈发器重他。裴矩的华丽转身,几乎成了与魏徵齐名的诤臣。

裴矩在隋唐的不同表现,史学家司马光在《资治通鉴》中这样评述:"古人有言,君明臣直。裴矩佞于隋而忠于唐,非其性之有变也。君恶闻其过,则忠化为佞;君乐闻其言,则佞化为忠。是知君者表也,臣者景也,表动则景随矣。"裴矩前后判若两人并不矛盾,只是遇到不同的上级,做出不同的反应。因为上级处于主导与支配地位,如果没有开明纳谏的胸怀品德,正直的人也会变成奸佞小人;如果君主对真话喜闻乐见,哪会有奸佞小人的存在空间呢?

裴矩历任四朝,靠着家族教育赋予他的才能,以圆滑的处世方式玩转了君王,也得到了同僚下级的拥戴,每一次都能得到器重,总能在危急时刻化险为夷,看似是多么成功;然而历史是公正的,毫不客气地指出其先佞后诤的事实。裴氏家族也许正是借鉴了这样集正反两面于一身鲜活典型的教训,不断引以为戒,才逐渐磨砺成金,最终形成优秀杰出的裴氏家风家教文化。

第三话 【谦恭世家出英才】

裴徽：高瞻远瞩，洞察秋毫

裴徽，字文秀，生卒年不详，闻喜裴氏族人，魏晋时期的玄学家，士族出身，累官至吏部郎、冀州刺史、金紫光禄大夫。

冀州安平的赵孔曜常对人称赞裴徽，说他"才思清明，洞彻玄学"。这是因为赵孔曜深知裴徽为人处世讲究方法，不仅循循善诱，还常将一些问题提出来，启发对方，让他们自己对人或事物形成认知。因为赵孔曜了解裴徽的优点,所以向他引荐了平原(今山东德州平原)人管辂。

一个炎热的夏日,管辂经长途跋涉,终于赶至裴徽居所。两人一见如故,相谈甚欢,似有说不完的话题。因天气炎热,索性将睡榻搬到屋外,雄鸡报晓时,两人依旧谈兴甚浓。后来,裴徽升迁冀州刺史,便荐举管辂为钜鹿(今河北邢台巨鹿)治中从事,后又升为别驾从事史(别驾从事史又称别驾从事,因其地位较高,刺史出巡辖境时,另乘驿车随行),成为裴徽的左膀右臂。不久,裴徽又推举管辂为秀才。正元二年,管辂任少府丞。上任前,前来向裴徽辞行。裴徽点拨管辂说:"丁谧、邓飏两位尚书有治理国家的才能和方略,但是,他们却不能洞察事物发展的方向和规律。何晏尚书考虑问题极细致,连小节都可以关注到,而且很会说话,但是好听的话不一定是真话,而真话却不一定好听。你与他们相处,一定要慎重对待,要有自己的主见啊!"

管辂深记裴徽此言，在任上与此三人相处谨言慎行。后来他对身边人说："听裴冀州一席言，使我头脑清醒，精神振奋，真是振聋发聩，深思而夜不能寐。不想与他人交谈，即使是白昼，也使人昏昏欲睡。"

丁谧、邓飏、何晏皆为三国时期曹魏大臣、大将军曹爽的亲信，一同被称为"台中三狗"。曹爽是三国时期曹魏宗室、权臣、大司马曹真之子。年少时以宗室身份出入宫中，为人谨慎持重。魏明帝曹叡即位后，即任他为散骑侍郎，累迁城门校尉，加散骑常侍，转任武卫将军；曹叡卧病时，拜曹爽为大将军；齐王曹芳即位后，曹爽又被加为侍中，改封武安侯。曹爽原本谦虚谨慎，后来任用亲信，专权乱政，侵吞财产，并一意孤行出兵伐蜀造成国内财物虚耗，士兵死伤惨重。曹爽位高权重，骄横跋扈，衣食住行竟然自比皇帝。

正始十年正月，司马懿乘曹爽、曹羲兄弟陪同曹芳拜谒魏明帝高平陵时,发动政变,封闭洛阳城并占据曹爽和曹羲的军营。曹爽最终向司马懿投降,曹爽兄弟均被剥夺兵权,不久以谋反罪斩首,党羽丁谧、邓飏、何晏等与曹爽兄弟一起被处死,诛灭三族。据《魏氏春秋》记载:高平陵之变发生后,司马懿让何晏参与审理曹爽等人的案子。何晏彻底查办曹爽的党羽,想要以此获免。司马懿说:"共有八族。"何晏细数了丁、邓等七姓。司马懿说:"还没完。"何晏心中发虚,自知难逃一劫,最后无奈地说道:"难道是说我吗?"司马懿说:"正是!"于是何晏也被收押。正月初十,司马懿以谋逆罪将何晏与曹爽等一同诛灭三族。

所以,高平陵之变后,管辂对裴徽当年的点拨与提醒深以为然,充满感激。可见裴徽高瞻远瞩,洞察秋毫,对人和事物以及未来的预见能力多么高远。

裴邃：不惧诬告，安民有方

裴邃，字深明，又字渊明。南北朝时期南朝梁名将。

裴邃在广陵任太守时，与乡人一起赴魏武帝曹操的庙中参拜。在庙中，大家谈论起有关帝王功业的话题。不料，这事被裴邃妻子的外甥王篆之知道后，密奏梁武帝萧衍，说："裴邃口出狂言，有不服朝廷的嫌疑。"梁武帝听信王篆之诬告，将裴邃降职为始安太守。

但裴邃立志建功边陲，不愿担任闲职，无所事事，便写信给领军将军、散骑常侍吕僧珍，倾诉内心的郁闷说："过去阮咸、颜延二人文章冠世，所以并称为'二始'，我的才能不及古人，现在成为三始，每日著文立说，可这并不是我的心愿，该怎么办呢？"所以，裴邃拖延着不想去始安（今广西桂林）。

此时恰逢北魏进攻宿预（今江苏宿迁东南），朝廷便命裴邃率军抵御。裴邃进军至直渎（今江苏南京郊外），北魏军队听说是裴邃前来，闻风丧胆。裴邃大军未到，北魏军队便先行撤退了。班师回朝后，裴邃任咨议参军及豫章王萧综的司马，率所部驻守石头城（今江苏南京）。后又调任竟陵（今湖北天门）太守，在竟陵任内开荒屯田，官府及百姓都得到了实惠。因政绩显著，调任游击将军、朱衣直阁，入值殿省。不久后担任假节、明威将军、西戎校尉及北梁州、秦州刺史。在此任内，裴邃虽然没有采取任何军事行动，但北魏军队慑于他的威名，不敢轻举妄动。于是形成了南北朝间相对和平稳定的局面。

裴邃在此又屯田数千顷，使粮储丰满，仓廪殷实，既免去了朝廷向边境输送粮草之累，又使当地官民得以安居。当地百姓感念裴邃的政德，于是众人相约献绢一千多匹，裴邃坚拒道："为官一任，就应造福一方，理所当然。你们不应该这样做啊！可我又不能薄了你们的好意。"于是，只收绢二匹。因裴邃政绩卓著，安边有功，不久便上调回京，入朝任给事中、云骑将军、朱衣直阁将军，后迁任大匠卿。

裴邃一生深沉而有谋略，为政宽明，能得军心，将吏皆敬畏他，很少人敢犯法。他死后，淮水、肥水流域的百姓都为他流泪。大家都认为，如果裴邃不死，即使是北魏都城洛阳也不难攻下。

裴漼：上疏进谏，立身谨厚

裴漼，山西闻喜人。唐武周时应大礼举，拜陈留主簿，累迁监察御史。

太极元年，唐睿宗李旦动用大批工匠为逝去的金仙、玉真两位公主建造道观及寺庙。恰赶上这一年春天大旱，百姓本就苦不堪言，朝廷依然大兴土木。

裴漼看在眼里，急在心上，紧急给皇帝上疏进谏。裴漼说："春夏不要召集民众大举劳役这样就会耽误农事。而且让百姓劳累过度，就会得病以致发生瘟疫。人间之所以会发生旱灾水灾，就说明上天在告诫我们办事不可操切。今自冬徂春，一直缺少雨水，百姓心中焦虑，唯恐粮食歉收。陛下虽然体恤百姓，但长安和洛阳两个都城的寺观修建仍然在进行，老天降下旱灾，就是因为大兴土木。现在是春令时节，正是需要农人在田里劳作的时候，这时大兴土木，臣担忧弊多利少。《春秋》所记载的庄公三十一年冬天少雨雪，认为是因为一年内连续三次修筑高台；《春秋》记载的僖公二十一年夏天大旱，是因为当时修建城池的南门，驱使人们劳役引发的。皇帝时时以万方百姓为念，为安国济民，防微虑远，恳请陛下明降诏旨，停止长安、洛阳的工程，停止向民间购买建筑材料，这样，百姓就能脱危解困。不然，耽误了农事，百姓流离失所，寺观建得再好，也补救不了百姓的饥寒交迫。"

睿宗李旦听了裴漼的谏言，思忖再三，改变了主意，停止大兴土木，不再劳民伤财。

开元二十四年，裴漼以古稀高龄离世。唐玄宗为表彰裴漼对朝廷的卓越贡献，追赠他礼部尚书，谥号"懿"。古代的谥法制度中，将温良恭俭让称为"懿"。这是朝廷对裴漼高尚人品的充分肯定。

裴再兴、裴泰：赓续家风，言传身教

裴再兴，生卒年不详。大约生活在金元两朝。在元朝举明经进士，任潞州（今山西长治）知事。

裴再兴的族长珍藏着裴氏祖传的家谱旧本，珍藏保密，不轻易给人看。怎奈兵火连年，又屡遭盗贼，裴再兴寝食难安，常常担心家谱会遗失。经过深思熟虑，他邀请本族人士，与大家商议此事。裴再兴说："在裴柏村裴家祖坟旁边，原来有一座碑，是记录裴氏家族谱系的，经风雨剥蚀，字迹漫漶。凡是看到这种景象的人，没有不感到惋惜的。现在我想把咱们家族的家谱重新刻在碑上，这不仅是为了延续家谱，谨肃正名，更是为了让后人继承家族风范，纯正家族血脉，弘扬先祖们的辉煌业绩，使我们的家族永垂不朽。想必族人不会不同意吧！"裴氏家族的人们听了他的话，觉得这是一件大事，非常高兴，愿意鼎力支持他。

于是，大家请来迁到本村居住的彭城文士刘若虚，让他撰写《裴氏世谱序》，同时捐集银两，聘请技艺精湛的工匠，将《裴氏世谱》的正文刻在碑上，该碑镌刻完毕的时间为金世宗大定十一年八月晦日，是为"裴氏世谱碑"。这通碑记载了裴氏得姓的来历、始祖，以及各支族的始迁祖，历代所出精英人物。

在金元两朝那个不太重视文化传承的时代，裴再兴重新镌刻"裴氏世谱碑"之举，可谓是裴氏后裔对裴氏家族良好遗风的延续，对裴氏文化的弘扬。现在看来，更是对中华文化传承的有益之举。

裴泰，字道亨，山西灵石人。明朝景泰年间举人，授官河北博野县知县。

裴泰无论于任上还是居家，对儿女子孙以及家族子裔皆言传身教，以使儿孙恭崇圣人，重道尊师，良培天下，淳化民风。裴泰自己更是身体力行，以使中华优秀文化得以千秋万代。他曾在博野上书请求祀奉"二程"——程颢、程颐两位理学大师，以利于人们谨记对圣人的恭崇。裴泰还在定州（今河北定州）重修一代文宗韩愈与一代贤相魏徵两公祠，将他们作为世人学习的榜样。

裴泰之德行体现了《河东裴氏家训》之"严教子孙"所言："家庭教育，立人丕基。诲尔谆谆，性乃不移。谨信泛爱，重道尊师。传子一经，金玉薄之。"

裴绍宗:建通济桥,省靡费财

裴绍宗,字伯修,陕西渭南人。明正德十二年进士,授海门知县。后任兵科给事中,赠光禄寺少卿。

在海门任职的三年期间,裴绍宗廉政清明,勤勉亲民,颇有政声。为了方便百姓出行,裴绍宗组织人们于当时县城的西南修建了一座木桥,起名"通济桥"(现已不存)。明《嘉靖海门县志》有对裴绍宗"宦迹"的介绍,称因其十分爱民,在他离任的那一天，百姓聚集在他经过的路上，拉住他的轿子呼喊着，舍不得让他走。"海门史志"上记载他和明代海门另一位为民办事的知县赵帮秩并称"裴赵"。

明武宗朱厚照到江南巡幸时，命他代理江都（今江苏扬州）政事。江都为天下最富庶的地方，随驾宦官张忠、江彬沿途以各种名义敲诈勒索，致使贿赂公行，请客送礼成风。裴绍宗到任后，拒绝送礼吃请。当地的权贵豪门非常怕他，原先因大行贿赂、铺张浪费所形成的各种名目的开支，大为节省。据有人推算，说他每年为地方省下的银两以数万计。

明世宗朱厚熜即位后，诏命裴绍宗任兵部兵科给事中。《明史》记载，裴绍宗上书世宗，请求效法明代列祖列宗的既成制度。奏书中写道："太祖皇帝的遗训是完美的。譬如重用大臣，勤于上朝理政；亲到田间视察，亲手洗涤自己的衣服，并在宫中种蔬菜；戒奢崇俭，毁掉镂金雕花御床，砸碎水晶漏；修造观心亭，揭示《大学衍义》丰厚的意蕴等。陛下应当牢记这些祖训和做法。几位重臣尤其应该朝夕劝导教诲,来辅助培养圣上虚心纳谏的美德。陛下每每亲临便殿,礼近文臣,使自己的耳目不被淫邪之徒蒙蔽,不被奸佞迷惑,陛下的心神才能纯洁平静,治理天下的大功才能告成。"世宗赞赏他的奏议,接受了他的建议,并遵照执行。

后来,世宗想为自己加上"兴献帝皇"的尊号,裴绍宗极力劝谏阻止,此事便被搁置下来。

裴希度：励精图治，以德辅仁

裴希度，字晋卿，祖籍河东闻喜，后迁居阳曲（今山西阳曲）。明崇祯进士。登科后，授堂邑县（今江苏六合）知县。

裴希度初到堂邑县时，为了明志，他用毛笔大大地写了"父母"两字，贴在大堂正中上方，以表明他要当好"父母官"的心迹。上任时，恰逢天下大旱，颗粒无收，饥民哀号，饿殍遍野。加之崇祯年间朝廷

裴希度衙前济民

不稳，吏治腐败，社会动荡，边疆告急。朱由检虽然想整肃吏治，兴盛国祚，怎奈虽有雄心壮志，却积重难返，无力回天。此时各地农民起义风起云涌，堂邑百姓流离失所。

见此情景，裴希度心怀悲切，想方设法，多方调度粮食物品，安抚救援百姓。他命县衙小吏每日在衙前煮粥赈济百姓，被他救活的人成千上万。为了巩固城防，他作为一方知县，动员百姓修补城墙，疏浚护城河，完全不听信堪舆家"不宜动土"的劝告，加紧施工。即使身体有恙，他照样身先士卒，毫无退意。

裴希度精心治理堂邑，给贫苦农民分发耕牛和种子，劝勉农耕。他废止了当时的签报制度，分发库粮，以解民困。裴希度还革除了按户为朝廷养马的做法，集中于县里饲养，以解除百姓困扰，化解朝廷补贴不足的矛盾。这都是他在当地任职时的善政。

裴律度：临危不乱，勤于政事

裴律度，字晋武，又字香山；号行庵，又号一元道人；山西曲沃人。历任康熙、雍正、乾隆三朝，官至左都御史。

康熙五十五年，裴律度任两浙（浙东、浙西）江南运司。当时，浙江杭州一带常有海啸灾害，海堤溃决。裴律度奉巡抚徐元度之命，负责在海宁一带修筑海塘。工程持续了一年，工费不足，裴律度就捐出私财来补贴。即将竣工时，狂风大作，海潮铺天而来，撼天动地，海塘随时有崩塌的可能。一天晚上，有人说神灯隐没在某段海塘之下，人们惊慌失措，纷纷退逃。因为，传说海灯出现的地方，海塘一定会决口。同级官吏拉着他，要他快跑，他说："这不是你的责任，你们快快逃命吧！我要和大堤共存亡。"裴㳫度不信符命，他神色坚定地站在海塘边，半截身子浸泡在冷水里，亲自督促兵民护卫大堤。坚持了数日，海潮方退。沿海各地许多海堤都崩塌了，唯有裴㳫度督修的这一段，牢如泰山，岿然不动。但是，裴㳫度从此患上了腰腿肿疼的痼疾，终生未愈。附近几个县的百姓常说："裴公就是我们的再生父母。"

雍正元年正月，擢升裴㳫度为江西巡抚，他经过深入调查，发现江西税关的位置设置不合理，徒劳百姓。遂于九月上疏朝廷，提出："九江旧关，上有龙开河、官牌夹，下有老鹳塘、白水港，地势宽平，泊舟安稳。离湖四十里曰大姑塘，为商舟所必经。水涨则有女儿港、张家套,皆可泊舟;水落则平湖一线,夹岸泥沙,无风涛礁石之险。请仍移关九江,而于大姑塘设口分抽。"他建议进行调整,把税关设置在九江,这项措施既维护了货物、生命的安全,又方便了商人和百姓,还增加了税收,合情合理,很快得到批准。

江西历来是产粮重地,南昌、袁州(今江西宜春)、瑞州(今江西高安)三府赋税的数额,从明代起,就沿用了陈友谅时的旧制,与其他府相比,征收税额明显偏重。顺治年间,减免了袁州、瑞州二府的赋税数额,而南昌府没有减免,老百姓负担很重。雍正二年闰四月,裴㤗度就南昌府增粮额度偏高,向朝廷上疏,申明减免南昌府赋税的理由,皇帝批准,将他的上疏下达到户部进行讨论,结果豁免了南昌府多收的浮额银七万五千五百四十两有余。

福建、浙江、广东的流民涌入江西,在山坡上搭建窝棚,种植烟草和靛叶,聊以为生,称为"棚民"。

他们往往是居无定所，不时流窜，成为盗贼。又因没有户籍，而不交粮纳税，这一流民问题成为当地社会治安的一大隐患。在此之前，万载（今江西宜春万载）棚民温上贵，宁州（今云南玉溪华宁）棚民刘允公等，聚众起事。裴𨱑度亲督兵勇缉拿，首犯全部归案。为了加强地方管理，裴𨱑度上奏朝廷，请求给没有编户的游民进行编户。皇上肯定了他的意见，勉励了他一番。朝廷还下诏，让他按照保甲制度进行编户。编户制度推行后，流民有了名正言顺的土地，得以安居乐业。当地的社会秩序明显好转，国家的税收也增加了。

江西有里长催收粮税，累及百姓；而且当地百姓崇尚巫觋邪教，皇帝下了一道手谕，要地方严禁和革除。九月，裴𨱑度向朝廷上疏申明粮税累民的原因及改良办法，获圣旨褒奖。十月，裴𨱑度请求入朝晋见。雍正下手谕阻止，说："卿自巡抚江右以来，甚惬朕意。即来京，朕亦无多面谕之处，不必来。"

雍正三年二月,裴徫度奏报开垦南昌十二个县的荒地达五十二顷之多,朝廷把这一业绩通报各部。另外,他除兴建了节备仓外,还重修了庐山白鹿洞书院,并亲自去教授弟子,培养人才。当时,总督查弼纳正在计议重开广信府原来被封禁的山岭,朝廷下谕请裴徫度酌情处理。于是,裴徫度上奏,申明继续封禁的缘由,朝廷采纳了他的建议,决定将这些山岭继续像当初一样封禁。雍正四年二月,裴徫度因政绩卓著,升迁为户部左侍郎。应当地官员和百姓的坚决请求,他继续留任巡抚。

裴宗锡：鞠躬尽瘁，公私分明

裴宗锡，原名二知，字午桥，山西曲沃人。清乾隆年间名臣。

乾隆十五年，裴宗锡被遴选为山东济南府同知。不久，改授青州府知府。在青州任内，裴宗锡大兴水利，疏通引导博兴湖、大清河、小清河等，开垦稻田，沼泽地则辟为荷塘，空地则种植柳树和菠萝树，教导百姓饲养山蚕，使青州野无旷地，民无不富。青州官员百姓都称赞裴宗锡是自富郑公（北宋官员）之后，唯一的一位清官。晚年，裴宗锡也说："我一生为官执政，只有青州这七年，恐怕是当之无愧的。"

乾隆二十二年丁丑，裴宗锡调济南府。两年后，他再调济东泰武道。乾隆二十七年，又调任督粮道，次年再调任直隶霸昌道。五月，裴宗锡升迁为直隶按察使，九月，裴宗锡上疏建议："古北口外山场，产菠萝树，土人俱伐作薪，不谙养蚕。此树本名橡树，入土即生，三四年后，叶可饲蚕。臣前在济东，饬属遍栽，颇有成效。今以之供薪，殊觉可惜。请照东省法，劝民广栽试养，则地无旷土，而民获利益。"乾隆亲下手谕，转发给直隶总督方观承实施妥办。

裴宗锡在直隶为按察使六年，当地诉讼官司虽多，他却能雷厉风行，断狱从不拖延。有人问他，你有什么办法，他说："没有别的，多思索，自通神明。滞留因循，也是草菅人命呀！何必拿着刀锯亲自去杀人呢！"直隶总督方敏恪很赏识裴宗锡，但裴宗锡耿介自持，从不阿附，以至于经常和方敏恪发生冲突。等到方敏恪病重，反而把他的孤子托付给经常顶撞自己的裴宗锡照顾。人们都佩服方敏恪知人善任，也盛赞裴宗锡公私分明，笃于情谊。乾隆皇帝听到裴宗锡的政声，每年到热河行宫，多次召见他，询问裴宗锡的家世和当地民情。裴宗锡侃侃作答，经常是一两个时辰才出来。乾隆更加赏识他，想要委以大用。等听到他抚养敏恪遗孤的事情，十分赞赏。不由得赞叹他："真有古君子之风呀！"

第四话

【 满门才子闻天下 】

裴秀：制图六体，独步古今

裴秀，字季彦，河东闻喜裴柏村人。西晋大臣，舆地学家。

据史书记载，裴秀除了绘制《禹贡地域图》以外，还绘制了一幅《地形方丈图》，对后世地图学的发展有相当大的影响。

当时，有人绘制了一幅《天下大图》，规模庞大，据说用缣八十匹，这在当时世界上是绝无仅有的。但是这幅《天下大图》有一个缺点,就是不便携带和保存。于是裴秀运用制图六体的方法,"以一分为十里,一寸为百里"的比例尺(大约相当于一百八十万分之一)把它缩绘成《地形方丈图》,并且把名山、大川、城镇、乡村等各种地理要素清清楚楚地标示在图上。这样,阅览它就方便多了。可见裴秀已经掌握了缩放技术。

裴秀的最大贡献是确定了"制图六体"学说,后人绘制地图基本上依据"制图六体"学说而为。裴秀《禹贡地域图》序曰:"制图之体有六焉。一曰分率,所以辨广轮之度也。二曰准望,所以正彼此之体也。三曰道里,所以定所由之数也。四曰高下,五曰方邪,六曰迂直,此三者各因地而制宜,所以校夷险之异也。"(《晋书》卷三十五)意思是,绘制地图的原则有六条。第一,分率(比例尺);第二,准望(方位);第三,道里(路程);第四,高下(高取下);第五,方邪(方取斜);第六,迂直(迂取直)。裴秀指出，依据这六条原则绘制地图，可以反映山川道路和地势差异，准确地描绘地形地貌，有助于农业的发展和军事的需要。

这六条原则是相互关联、相互制约的。如果地图上没有比例尺的标记，则不能确定距离的远近。如果只有比例尺的标记，而无方位，则某地的方向虽然从某一方向看是对的，但从其他方向看就不对了。如果只有方位的确定，而无道路的实际路线和距离的表示，那么在有山水相隔的地方就不知该怎样通行了。如果只有路线和距离的标记，而无地面高低起伏和路线曲直的形状，则道路的远近必定与其距离不符，方向也弄不清。所以六条准则必然综合运用，相互印证，才能确定一个地方的位置、距离和地势情况。因此可以说，现代地图学所需要的主要因素，除经纬线和投影以外，裴秀都已谈及了。

南北朝时，文学家谢庄制造出一个方丈大的木质地形模型，后来北宋沈括、南宋黄裳与朱熹，都用木材、面糊、木屑、胶泥及蜡等制造地形模型。这些都是裴秀方丈图的继续演进，说明裴秀对后代地图学的发展具有深远影响。清代地理学家胡渭在他的《禹贡锥指·禹贡图后识》对裴秀的"制图六体"评价很高，指出："三代之绝学，裴氏继之于秦汉之后，著为图说，神解妙合。""制图六体"学说影响中国地图绘制千余年。

裴秀提出的"制图六体"原则，是绘制平面地图的基本科学理论，为编制地图奠定了科学的基础，它一直影响着清代以前中国传统的制图学，受到学术界的公认和推崇，被誉为"中国科学制图学之父"。西方学者对裴秀也给予高度评价，说他完全可以和古希腊著名的地图学家托勒密相提并论，而立于世界著名地图学家之林。可以说，裴秀开创了我国古代地图绘制学之先河。目前国内地图制图最高荣誉奖——裴秀奖，就是以他的名字命名的。

裴楷：直言敢谏，一心为国

裴楷，字叔则，河东闻喜人。生于三国曹魏明帝景初元年，卒于西晋惠帝元康元年。西晋时期重要的政治家，也是著名的哲学家和名士。

裴楷有一个著名的哲学观点，叫作"损有余而补不足"，意思是天道运行，阴阳变化，减少多余的财物用来弥补不足的人，这是自然界的常理，也是平衡发展的基础。裴楷忠实地践行了朋友五伦、以德辅仁的人生观。

司马炎建立晋朝后采取了一系列恢复经济生产的措施,屡次责令郡县官劝课农桑,严禁私募佃客;招募吴、蜀地区人民北来,充实北方,废屯田制,使屯田民成为州郡编户。太康元年,颁行户调式,包括占田制、户调制和品官占田荫客制。晋武帝认为曹魏末期为政严苛,风俗颓废,生活豪奢,乃"矫以仁俭",鳏寡孤独不能自存者赐谷五斛,免逋债宿负,诏郡国守相巡行属县,并能容纳直言。太康年间出现一片繁荣景象,历史上称为"太康之治"。裴楷鉴于历史上国家兴亡的教训,指出汉魏的盛衰之迹,劝司马炎以史为鉴,治国安邦,避免重蹈覆辙。

司马炎励精图治,自以为受到臣民的拥戴。有一次朝会后,司马炎问裴楷道:"天下人怎样评论我的得失?"裴楷直言不讳地说:"陛下之所以不能与尧舜相比,就是因为朝中有贾充这样的人在!"贾充就是后来的晋惠帝的皇后贾南风的父亲。司马炎去世后,司马衷即位,懦弱无能,贾南风在皇后位置上,专横跋扈,谋害大臣,任用亲信,培植党羽,从而引发了"八王之乱",战火绵延,国无宁日,人民生活在水深火热之中。

裴松之：三国志注，不朽之业

裴松之，字世期，河东闻喜人，后移居江南。南朝宋代著名史学家。

裴松之不仅是朝廷大臣，具有治国安邦的才能，而且是一代历史学家，对于三国时期的历史有精深的研究。他最大贡献就是对西晋史学家陈寿的《三国志》进行注疏，于五十八岁完成了史学巨著《三国志注》。陈寿的《三国志》是一部记载魏、蜀、吴三国鼎立时期的纪传体断代史。其中，《魏书》三十卷，《蜀书》十五卷，《吴书》二十卷，共六十五卷，全书记载了从魏文帝黄初元年，到晋武帝太康元年六十年的历史。尚书郎范頵上书给皇帝，称赞陈寿的《三国志》："辞多劝诫，明乎得失，有益风化。"并请求派人采录，《三国志》因此得而流传于世。陈寿叙事简略，很少重复，记事翔实。在材料的取舍上也十分严慎，为历代史学家所重视。史学界把《史记》《汉书》《后汉书》和《三国志》合称前四史，视为纪传体史学名著。但是，《三国志》过于简略，于是在元嘉三年，宋文帝诏令裴松之对《三国志》作注。

裴松之治学严谨，一丝不苟；以史为据，实事求是；广征博引，力求翔实。纪昀在《四库全书总目提要》中对裴松之注《三国志》的评价，认为有六个特点："一是引诸家之论，以辨是非；二是参诸书之说，以核讹异；三是传所有之事，详其委屈；四是传所无之事，补其阙佚；五是传所有之人，详其生平；六是传所无之人,附以同类。"这种严谨的治学精神,保证了《三国志注》的史学价值,对于人们了解和研究三国历史具有不可或缺的贡献。

裴松之完成了《三国志注》后,向宋文帝上奏《上三国志注表》,说陈寿的《三国志》叙述客观,史实审正,确实是一部良史。同时,他指出陈书有过于简略以至脱漏很多重要史实的缺陷。裴松之陈述了自己作注的指导思想,并把注文概括为补阙、备异、惩妄、论辨四种类型。宋文帝翻阅裴松之的书,爱不释手,赞扬裴松之为"不朽之业"。

《三国志注》的不朽还在于它开创了史注新法。在裴松之以前,史学家对于史书注解时,大多以解释音义、名物、地理、典物等方法为史书作注。如马融、郑玄注《尚书》,贾逵、服虔、杜预注《左传》,贾逵、韦昭注《国语》,高诱注《战国策》,徐广注《史记》,等等。而裴松之的注文,不仅包括上述内容,而且增加补阙、备异、惩妄、论辨等名目,遂为

裴松之注《三国志》

注书开创了一种更加完备的体例。注书的目的是保存和提供史料，而且这些史料都经过了注家的精心审核，从而使人能够较多地了解历史真相。

纵观古代的家训，勤奋吃苦是必不可少的。人常说：一勤天下无难事。这句话用到裴松之的身上恰如其分。陈寿的《三国志》约三十五万字，裴松之的《三国志注》竟然三十二万字，几乎和原书字数相当。裴松之为了注解《三国志》，广泛搜集资料，亲自到实地访问。根据统计，书中涉及资料经部二十二家、史部一百四十二家、子部二十三家、集部二十三家，共二百一十余家。面对如此庞杂的资料，要进行考证取舍，删繁就简，没有渊博的学问、严谨的治学态度和勤奋吃苦的精神，是难以完成的。

裴敬宪：俭朴仁义，文名远播

裴敬宪，字孝虞，河东闻喜人。北魏大臣。

裴敬宪出身于世家大族，朱门绣户，十分富裕，可是，裴敬宪的生活却十分俭朴，他的衣服破了让人缝补一下继续穿，一件衣服穿了好几年都舍不得扔掉。吃饭时，饭粒掉在了桌子上，立即捡起来吃了。有一次，家里来了客人，菜肴丰富，客人吃得津津有味。快吃完饭时，剩下一点菜，裴敬宪当着客人的面把剩菜都吃了。客人十分惊讶,说:"你家里如此富裕,还在乎一点剩菜吗?"裴敬宪说:"一粥一饭,都是农人春种秋收,辛苦耕耘得来。如果不爱惜,岂不是暴殄天物?"客人听了他的话后很感慨,说:"想不到裴家作为一个士族,如此俭朴,足见家风纯正,令人敬佩!"

裴敬宪少有才名,长大后在当地负有盛名。他是有名的书法家,擅长隶书和草书,在当世很有影响。他还懂音乐,抚琴寄托高远的情思。他经常参加当地文人的聚会,文人唱和,弹琴赋诗,赢得人们的好评。

裴敬宪擅长五言诗,声名远播,后进学子以他为宗师,十分敬慕。《北史·文苑传序》:"于时……河东裴敬宪、弟庄伯,雕琢琼瑶,刻削杞梓,并为龙光,俱称鸿翼。"称赞裴敬宪的精美诗歌。有一次,朝廷大臣聚集在黄河渡口,送别远征的大将军,一时冠盖如云,车马萧萧。文人才子赋诗作别,纷纷吟诵，为之壮行，裴敬宪也赋诗送行。人们认为裴敬宪的五言诗放逸高远，清丽绝美，纷纷叹赏不已。

北魏孝明帝元诩孝昌年间，国家发生叛乱，战火纷纷。四川的叛军首领陈双炽率叛军四处抢掠，十分残暴。叛军经过了裴敬宪的住宅，却十分小心，互相约束，不准烧毁裴敬宪的住宅。原来是裴敬宪十分仁义，对乡里人十分友好，人们都感恩他的仁德。自然，那些叛军也被裴敬宪的仁德所感动，不破坏裴敬宪的家宅。

裴伯茂：居功不傲，淡泊名利

裴伯茂，北朝著名诗人、文学家，官至中军大将军，封爵平阳郡伯。

北魏孝明帝元诩孝昌年间，四川西部发生叛乱，叛军首领陈双炽率叛军四处抢掠，十分残暴。大将军京兆王继率领大军西征，讨伐乱军，裴伯茂担任行台郎中。他积极谋划，献计献策，发挥了自己的军事才能，帮助剿灭了乱军，为平叛立下了汗马功劳。平叛结束后，裴伯茂被封为平阳伯，加官散骑常侍。裴伯茂才华横溢，军功突出，可是，他从不以此骄傲，反而把这些功名看得很淡。他生性散淡，待人随意，从不摆什么架子，因而深得人们的喜爱。一次，他带着随从赴朝廷的盛会，只见参加朝会的官员，紫衣锦带，奴仆随从成群，威风八面。可是，他却穿着随便，十分俭朴，只带了一个仆人就来了。皇帝赞扬裴伯茂官职显赫，却能约束自己，没有奢侈铺张之气，于是更加看重他了。

裴伯茂在北朝动荡的官场中，能够一步一步升到中书侍郎、中军大将军这样的职位，这是和他的谦虚低调分不开的。当时的士大夫评价裴伯茂说，位高权显，不自傲，对人无论官职高低贤能愚昧，都能赤诚相待，一视同仁。他的这种散淡的性格和宽厚的胸怀，受到人们的赞扬。

裴政：执法公正，诚实磊落

裴政，字德表，河东闻喜人。南朝时官至给事黄门侍郎、镇南府长史。隋朝建立后，裴政担任率更令，上仪同三司，进散骑常侍，转左庶子，出为襄州总管。

裴政执法严格，没有量刑过度的情况，甚至那些判死刑的犯人对裴政也心服口服，没有怨言。裴政对于判死刑的囚犯也有人之常情，准许他们的妻子儿女到狱中看望,交代后事。封建时代处决罪犯一般都在秋后处决,那些犯人们感慨地说:"裴大夫判处我们死刑,悔不当初,罪有应得,死而无恨!要让子女们好好做人,不要知法犯法。"由于他执法公正,受人尊敬。

裴政做人诚实谨慎,敢于坚持真理。他在隋朝建立后任左庶子,纠正了许多不合理的事,得到人们的称赞。右庶子刘荣专横固执。当时宫廷军士轮流值班,通事舍人赵元恺奉命写文书,文书还没来得及写完,太子就再三催促,刘荣就对赵元恺说:"你只管口头陈奏,不必写出文书。"等到上奏时,太子问文书在哪里?赵元恺说:"秉承刘荣的意思,没有写出文书。"太子就拿这件事责问刘荣,刘荣否认,说:"我没说过这话。"太子把这件事交给裴政审问处理。裴政还没来得及陈奏,刘荣的亲信先对太子说:"裴政想陷害刘荣,处理这件事不合实情。"太子召裴政予以斥责。裴政辩解说:"大凡处理案情有两点,一是明察实情,二是依据证人证词,辨明实际情况,来判定是非。我推断刘荣位高权重,即使刘荣确实告诉过赵元恺,也不过是很小的过错,按道理说,不必隐瞒。另外赵元恺受刘荣节制,怎敢拿毫无根据的话诬陷牵累刘荣。赵元恺找出左卫率崔茜等人做证,崔茜等人交代的情况和赵元恺所说完全相符。情由既然难分是非,就应当根据证人证言来判定。我认为刘荣告诉过赵元恺,赵元恺说的是实话。"太子听了裴政的分析,认为很有道理,对于他正直公正的行为予以褒扬。

裴政光明磊落,刚正不阿,他总是当面指出别人的过错,背后决不议论。当时有个官员叫云定兴,每次进宫侍奉太子都准备些奇装异服和珍奇的器物,进献给东宫。裴政多次恳切劝谏,反对这样做,可是,太子就是听不进去。裴政找机会对云定兴说:"您的所作所为,不合礼仪制度,这会坏了太子的名声。请你不要这么做,否则会惹祸上身。"云定兴大怒,把这话告诉了太子,太子于是疏远裴政,并因此将他调

裴政主持制定《开皇律》

出京城做了襄州总管。裴政离开京城时，没有带妻子儿女，把所得的俸禄分给下属官吏。

裴政对于历史最大的贡献，就是主持制订了隋朝的法律《开皇律》。裴政一生经历了南朝梁、北周、隋三个王朝，凭其光明磊落的品性和超人的学识，受到了历代帝王的赏识。隋朝皇帝杨坚，诏令裴政与苏威等人修订刑律。

在北周时，裴政担任过刑部下大夫，而且政绩显著，他对汉魏以至齐梁的刑法条律都有深入的研究。裴政博览各朝律典，区分良莠，以待参考。参与编纂者十几人，由于裴政超人的才华和见地，凡疑滞不决的问题皆要取决于他。开皇三年，在以裴政为首的十几人的努力下，《开皇律》终于制定完成了。这部法律学巨著，集隋朝以前法律之大成，根据时代和社会治理的需要，对许多法律条文进行了修正，在我国法治史上具有划时代的意义，对以后各朝的刑法制度产生着深远的影响。

裴孝源：绘画鉴赏，不世之作

裴孝源，闻喜河东人，活跃在初唐时期，是中国历史上著名的书画鉴赏家。

经过艰苦卓绝的努力，裴孝源完成了中国历史上第一部绘画鉴赏著作《贞观公私画史》。所收作品上迄曹魏高贵乡公时期，终于大唐贞观十三年，起于秘府及佛寺并私家所蓄，全书共二百九十八卷（当时称画幅为"卷"），收录了四十七处壁画，隋唐官本画卷计二百三十卷，这些画作得之于杨素收藏的二十卷，其余为萧璃、许善心、褚安福等人所收藏。书中通过缜密地考证，指出了其中三十三卷恐非晋代宋人真迹。

该书的宗旨在于收录古画名目，对于每件画作予以品评，列为先后，进行分类，确定高下品位。所有这些作品都载明了作者、画名、真迹或摹本、件数、题识、印记及来源等，并按《太清目》（南朝梁之官库藏画目录）注明是否已收入该目。书中对于历史上的名画家如顾恺之、阎立本、陈善见、王知慎等人的画作都有记录，可以说蔚为大观，令人神往。裴孝源评价顾恺之的画能传人物之神，"思侔造化"；阎立本的人物画"像人之妙，号为中兴"，等等，都非常恰当，很有见解。

裴孝源在《贞观公私画史》的序言中全面阐述了古代绘画史的发展流变，强调远古时期传说中的伏羲氏就设置了"掌图之官"，到了虞夏殷周及秦汉之代一直传承；同时，介绍了绘画的功能，在于彰昭忠臣孝子，贤愚美恶，以示教化，提出了"心存懿迹、默匠仪形"的绘画理论，深刻阐述了绘画的本质，对于后世画家颇有启迪作用。

此书堪称著录名画之祖，对于研究绘画史具有重要的价值。该书为中国现存最早的一部名画著录，是考察唐代贞观初年绘画名迹的重要资料，也是鉴赏家品评古代画迹的祖本。

裴铏：传奇小说，堪称鼻祖

裴铏，字号、籍贯、生卒年均不详，唐末著名文学家。

唐朝末期，藩镇割据，节度使势力扩大，唐王朝的统治受到威胁。尤其是爆发了大规模的黄巢起义，给唐朝的统治以沉重的打击。皇帝派大军镇压农民起义，烽火连天，兵戈连连，战火所经之处白骨遍野，荒无人烟。尽管农民起义被镇压了，但是，长期的战乱和藩镇割据，造成了经济衰退，社会动乱，人民生活处于动荡不安之中。面对不安定的社会、莫测的命运，人们对现实感到迷茫，或者向往逃避现实求仙问道的出世生活，或者寄希望于侠客英雄出现，助强扶弱，惩处恶人，脱离苦难。社会呼唤着这方面文学题材的出现，裴铏的传奇小说应运而生，给人们带来了精神的慰藉。

裴铏的传奇小说，为唐代小说的繁荣和发展做出巨大贡献。唐代小说之所以称为传奇，便是以裴铏的《传奇》一书命名的。《新唐书·艺文志》记载，《传奇》著录共三卷，后来散佚。郑振铎先生从《太平广记》中辑佚二十四篇，周愣伽先生在郑振铎的基础上，从南宋曾慥《类说》和宋人陈元靓《岁时广记》上辑录部分篇章，扩展为三十一篇。

裴铏的三十一篇传奇小说各具特色，题材也不拘一格，非常宽广，艺术价值极高。它们格调优美，融志怪与诗情画意于一体，故事情节奇幻诡谲，细腻婉转；结构布局跌宕起伏，摇曳多姿；人物形象丰满，个性鲜明；语言婉约流丽，词采华茂。它在后世的流传过程中备受文人墨客青睐，对后世小说、戏曲的创作产生了深远的影响，因此，被后世誉为传奇小说的鼻祖。

裴元长：热衷教育，钻研教法

裴元长，生卒年不详。山西沁州人，考中举人，曾任山西朔州训导。后任江苏昆山县令，一生两次担任江南同考官。

裴元长考中举人后，家里满心希望他做官，可是他却被安排到朔州做训导。训导为中国古代官职，在清朝属于从七品，职能通常为辅佐知府，负责教育方面的事务。家里人不开心，裴元长却很高兴。因为他记得孟子的人生之乐是"得天下英才而教育之",管理一个地方的教育,那是多么重要的事情啊。他的理想是普及教育,培养人才,教化社会,扭转社会风气。

在古代来说,朔州是个偏远落后的地方,自然环境差,生活艰苦。裴元长到了朔州后,看到州学建筑破败,年久失修,甚至有的地方漏水,严重影响了生员们的学习。他十分焦急,立即向知州反映情况,指出州学建设的紧迫性,并动员生员们发挥作用,尽快修好州学建筑。裴元长带头捐出俸禄,尽一分力量,经过一段时间的努力,州学终于修好了。生员们在宽敞明亮的州学学堂中努力学习,州学的学风为之改观。朔州所辖的几个县如右玉县、左云县、马邑县山高路远,交通不便。为了推进这些县的教育事业,裴元长经常翻山越岭,不辞劳苦,到这些县训导督学。古代的交通工具无非是驴车马车,甚至常常是徒步旅行,有时鞋子磨烂了,有时遇到危险,他都一一克服。他关心辖县的教育状况,制订措施,积极促进当地教育事业的发展。

裴元长做训导时,特别强调教学方法,主要有四个方面:一是立德为本,注重德育。《论语》:"君子务本,本立而道生。"品德为做人之本,如果一个人品德不端,立身就错了,其他就不用谈了。二是因材施教,循循善诱。中国古代实行的是礼、乐、射、御、书、数为主体的"六艺"教育体制,在此基础上学习经史子集,参加科举考试。他根据学生不同的兴趣爱好,加以培养引导,绝不偏废。三是尊师爱生,授业解惑。他给学生讲《礼记·学记》:"凡学之道,严师为难。师严然后道尊,道尊然后民知敬学。"指出先贤把天地、先祖、君师三者相提并论,认为君师是治理国家的根本,尊师重道事关知识的传播和治国安邦的大业。正如荀子所说:"国将兴,必贵师而重傅……国将衰,必贱师而轻傅。"四是普及教育,关心贫穷学生。他在朔州当训导时,注重乡村教育,到贫穷落后的乡村察看私塾办学情况。他了解到一些学生由于家庭贫困,无力上学,于是主动登门访问,了解情况,予以帮助。

裴裹：廉洁从政，秉公执法

裴裹，河东闻喜人，生活在清顺治、康熙朝。一生恪守孝道，勤于学习，传承家学，是裴氏从事文化教育活动的典范。

十年寒窗，金榜题名。裴裹从小学习刻苦，长大后不负父母的希望，终于在顺治十六年考中进士。之后，他被授予武选司员外郎，再后来担任了地方官职。裴裹不管在哪里任职，都廉洁从政，秉公执法，深受同僚和百姓的好评。他从不收礼,依法办案。一次审理一件宅基地纠纷的案子,涉案的富人想侵吞邻居的宅基地,千方百计给他送银子,希望判决得胜。裴褒对富人说:"我依法办案,从来不收贿赂,你若执意要为,就以行贿罪论处。"毅然拒绝了富人的礼物。富人被他正义凛然的精神所震慑,不等他判决,就赶快找邻居说和,放弃了侵吞邻居宅基地的非分之想。

裴褒为官多年,生活十分俭朴,吃饭简单,讨厌铺张浪费,从不追求那种灯红酒绿、吆五喝六的奢靡。在世人看来属于享乐的生活,他却不屑一顾。他常对人说,广厦千间,夜眠三尺;良田万顷,日食三餐。只要能够达到小康水平,有书读,有事做就够了,其他多余的财富都是人生的负担。

裴褒致仕后,不留恋城市的繁华生活,携家带口回到了故里。多少年来,他念念不忘的就是礼仪教育。他在乡里举止有度,待人接物总是肃穆简洁,堪称做人楷模，受到乡亲们的一致拥戴。每逢乡里有什么大事，人们都请裴衮出面主持；邻里有什么纠纷，签订什么合约，也都要他出面，因为他对于礼仪礼教、民俗风情，懂得太多了，不愧是德高望重的长者。

第五话

【舍生取义多名将】

裴岑：东汉名将，横扫匈奴

裴岑，云中人。史载"东汉名将，曾任敦煌太守"。生平不详，仅有《敦煌太守裴岑纪功碑》一通。

裴岑终日结交豪侠，白云苍狗，人生畅快。这一日，裴岑往北，走到了边疆，听闻传言，西域各国划地为王，不再朝贡，还经常骚扰边界，人民流离失所。先前豪情，顿失减半，裴岑空有一身武力，却不知如何报效朝廷。正郁闷时，遇见旧时朋友，却早已不再舞刀弄剑,如今随军做起了买卖,生意还很兴隆。到了朋友居所,两人斗酒。朋友坛中满酒,裴岑起来作了个揖,捧起大坛,如长鲸吸百川,一饮而尽。又让人满酒给朋友,朋友喝完,说:"世道如此,正是我们大赚一笔的时候,就跟着我在边疆大干一场吧。"

裴岑高声谈笑,终席,不仅没有醉倒,还越喝越清醒。他想起父亲的教导,游走了这么一大圈,见了那么多人和事,发现父亲说得都对。为什么不听从父母的话,修身养性,等待朝廷的征召呢?于是,他回到云中,伺候父母,修身自牧,常与人善,一时名声大噪,才名远播。

不久,裴岑就被朝廷征召去做武将。东汉永和二年,裴岑为敦煌太守,领兵三千,奔袭西域。敌暗我明,裴岑为打败呼衍王,没少想办法。他放出话来,要找呼衍王单独比试,倘若呼衍王赢了他,大漠万里,自然由其行走。士兵劝他,说呼衍王诡诈,如果中了埋伏，只怕凶多吉少。裴岑说，对方要是使出阴招，正好给了出师荡平他们的理由。他放出话去，希图单会呼衍王，对方也怕他有什么诡计，自然不敢前来。日子久了，人们就把呼衍王看得低了。加上平日裴岑对部下严加管教，也没什么扰民的事发生，当地的百姓也前来归附。终有一日，有人报告呼衍王的藏身之处。裴岑领精兵三千，横扫匈奴，割呼衍王左耳。为记此功，裴岑挥剑刻碑。他的勇武善战之事便流传下去了。

裴茂：戡乱功臣，能战能止

裴茂，字巨光，河东人。东汉官吏，汉灵帝刘宏朝历任县令、郡守、尚书，裴氏家族中最有名的戡乱功臣。

东汉末年，朝廷一片混乱，诸将不和，大将李傕竟然敢在一次会议上杀死了另一名大将樊稠，之后，又与郭汜分别劫持了汉献帝和众大臣，相互交战。有实力的将军张济率兵赶来才劝双方和解，于是二人罢

裴茂一战成名

兵，李傕镇守池阳黄白城，郭汜、张济等人随汉献帝东归前往弘农。不久，李傕、郭汜、张济反悔，联合起来追击汉献帝，与杨奉、董承等人几番交战。汉献帝一路逃亡，狼狈不堪，到达安邑，与李傕等人讲和。很快，汉献帝又被曹操迎往许昌。此时，裴茂是曹操所属的军中谒者仆射，他被曹操指派召集关西诸将段煨等人，去征讨李傕他们。

裴茂奉命带兵十余万出征，每日所费粮草浩大，当时天下诸郡，又是荒旱年月，根本接济不上，曹操又催裴茂速战速决，而李傕等叛军却躲在城内闭门不出。两军对峙了两个月。眼见粮食将尽，裴茂不得已处斩管粮官以振士气。此法果然奏效，军中骚动得以缓解。

次日，裴茂传令各营将领："如果大家不同心协力，不并肩作战，三日内破不了城，全部斩首！"

裴茂身先士卒，到得城下，督促全军，搬土运石，填壕塞堑。城上箭如雨下，有两员裨将畏避而回，裴茂一剑将其斩于城下。于是，大小将士，无不向前，军威大振。城内李傕守军抵抗不住，裴茂带领的士兵争先上城，斩关落锁，大队拥入。李傕身死，宫室殿宇焚烧一空，裴茂终于攻克城池。

曹操得知消息，催裴茂继续进兵，剿匪余部。裴茂谏言："近年来荒旱不止，军粮补给艰难，如果继续征战，劳军损民，恐怕也没有什么好处。不如暂时先回许都，待来年新麦成熟，军粮足备，再成大事。"曹操准许。

裴潜：一世美士，怀柔远方

裴潜，字文行，山西闻喜人。曹魏大臣。

成年之后，裴潜"折节使进"，节操清廉，一时声名远扬。曹魏大军夺下荆州后，曹操器重裴潜，出任丞相府军参谋，接着又换了三个地方当县令。每到一处，裴潜从不拖家带口，为的是不给当地百姓增添负担。家里没有钱款来源，妻儿过得非常辛苦。《魏略》载："妻子贫乏，织藜芘以自供。"朝廷看重他的清明廉洁，就让他做了仓曹属，管理国库。这一日，恰巧曹操来视察，问裴潜："卿前与刘备俱在荆州，卿以备才略何如？"

裴潜答道："使居中国，能乱人而不能为治也。若乘间守险，足以为一方主。"

不久，代郡大乱，乌丸王和另外两个首领各自称王。太守昏庸无能，无法治理。曹操问裴潜有没有什么好办法。裴潜说："代郡百姓众多，人们也过得殷实，如果带着兵马去征讨，动不动就是上万人出动，只怕会引起更大的误会。乌丸王自己肯定也知道放横日久，心内也不安，带那么多人去，反而成了大规模的战争，如果我只是带几个人去，他们也不会害怕。我再用计谋收买他们，这事也就成功十之八九。"

于是，裴潜被任命为代郡太守。他也不带领精兵去镇讨，只是匹马单车，赶赴代郡。乌丸部族与将领见裴潜只身前来，为其胆略慑服。听了裴潜的条件，乌丸王自然知道两家和好，对他们也更有利，谁想连年战争呢？何况裴潜给出的条件也不错。于是，单于以下，纷纷脱帽致意，把掠夺的妇女、器械、财物，悉数归还。

裴潜自然懂得远交近攻的道理，对乌丸部族，他是恩威并施，对于代郡内部与单于相互勾结的郝温、郭端等十余人，尽数诛杀。北方边境一时大震，百姓归心。

三年后，因治理代郡有功，裴潜调回朝中，任丞相理曹掾诸事。曹操没少夸奖他，称赞他治代有功。裴潜说："我对代郡的百姓是很宽容，但对犯我边境的胡人却非常严厉。接任我的人，可能想着我对他们过于严厉了，说不定事事都以宽怀优惠对待他们；这些胡人，一向骄横恣傲，过于宽松只怕适得其反，他们不仅不懂得感恩，说不定还因此乱了法度，到时只怕又会引起骚乱。照这样下去，代郡的形势又会危急。"曹操听了，后悔过早把裴潜调回来。后数十日，单于果然又引发骚乱。

裴英起：善辩斗士，性情真纯

裴英起，字号不详，河东闻喜人。北魏、北齐大臣。

永明年间，父亲裴约带英起参加齐武帝萧赜为群臣组织的宴会。宴筵后，齐武帝余兴未尽，又提出一起射箭比武。轮到武帝，他弯弓射箭，一支也没射中靶子，然而，众大臣却依旧大声喝彩："好箭！好箭！"

齐武帝听了,并不高兴,他脸色阴沉,把手中的弓箭重重摔在地上。英起不谙世事险恶,见武帝情绪不高,走到跟前,问他出了什么事。齐武帝见英起满脸天真,说:"英起啊,这么多年,怎么就没人愿意当面指出我的过失呢?刚才我射箭,明明没有射中,可他们却异口同声一个劲地喝彩,你要是天天和这么一帮人相处,你难不难过?"

裴英起仗着读了些经书,免不得要掉一点书袋,竟然就跟齐武帝说起了历史上类似的故事和掌故,而且还直言点评当天的事情:"这就肯定是大臣们没有尽到做臣子的职责。论起智慧来,他们未必不能发现您的过失;就是讲起勇气,他们也不敢向您提出意见,生恐冒犯了您。不过,皇上,您也饱读史书,想必知道上行下效的道理。一国之君喜欢什么衣服,做臣民的自然跟着仿效;您喜欢吃什么东西,做臣民的自然也逐渐模仿,改变自己的口味。如果是这么多年来都没有人指出过您的过失,是不是因为您听不进批评反对的意见？要知道别人摸清了您的脾性，肯定您只喜欢奉承的话，又干吗冒着生命危险反对您？"

听了裴英起的一番话，齐武帝面露愧色。旁边的裴约早就吓得面如土色，叩头如捣蒜，请求皇上不要恼怒儿子的鲁莽。齐武帝正色道："我要庆幸啊，终于有个孩子敢和我说说心里话了。"也是因为裴英起的一番谈论，齐武帝省视周边人等，革了许多佞臣的职，重用一批敢言实干的大臣。裴英起也在受封之列。

当时，齐国世子未立，武帝更喜欢次子，想立次子继承皇位；裴英起也屡次称赞次子的聪慧，只是众大臣不服，认为这样一来，就坏了历朝历代传下来的规矩。有人上了一道奏折，说裴英起无所作为，却雄踞高位，干涉朝政。甚至有人传言，说裴英起见王室不宁，招合徒众，欲图不轨。又说他忝为贵族，不遵朝仪，秃巾微行，言论放荡，别人还说他"仲尼不死"。裴英起听了，并不当回事，还在下一次和齐武帝见面时谈起这事来，自嘲："这么好的时代，难道就容不下一个真性情的人吗？"

大臣们的各种议论不断传到齐武帝的耳里，朝廷自然也是一番骚动。好在齐武帝知道裴英起处事不拘小节，本性并无恶意，并没有治他的罪。事实上，每逢大事，裴英起并没有逾越规矩。有一次武帝的爱妃去世，想要大肆操办，裴英起建议："办吉凶事时，车服制度，各有等级区别，详细列好条文和样式，做到节俭而又适中。"齐武帝接受了他的建议，取消了大操大办的决定。自此，齐武帝愈发信任他。

裴果：三军勇士，仁人君子

裴果，字戎昭，河东闻喜人。西魏、北周将领。

北魏孝庄帝永安末年，乱民横行，匪患不断。北魏朝廷派兵镇压，这时候的裴果已经成为一名战士，随军征讨。他求胜心切，骑一匹黄骢马，身着青衣战袍，冲锋在前，所向披靡。

有一回，敌军渐渐远走边境。朝廷准备聚集全军追击，以绝后患。裴果说："穷寇早已没了斗志，他

裴果勇冠三军

们又没有城池营栅，只不过靠抢劫财物供给，安定时便如蚂蚁聚集，窘急时便作惊鸟飞散，攻取在于迅速，不在于人多。如果星驰电发，出其不备，出动一千精骑，就可殄灭。如果征集军队再去，他们必然远远逃窜，虽然有大队兵马，也没有用处。"他的建议得到了众人赞同。于是，裴果率领一千骑兵讨伐，快速进击，一举击溃敌军。

裴果勇冠三军的威名，一时传遍交战双方阵营，人称"黄骢年少"。朝廷颁令，重赏裴果。裴果听了，坚辞不受，说："这场战争，并不是我一个人的功劳，这么多士兵，告别乡里，离开亲人，为国征战，都是诚心诚意的，岂是我一个人的功劳！如果我把这么多荣誉都归到自己身上，只求个人荣誉，那就违背了我的原本心意。"

听了裴果一番话，皇帝更是感动，授予他乾河军主，总领一方军务。

裴鸿:保土守疆,仁义之将

裴鸿,河东人,南北朝时期名臣。

北魏时期,朝廷内乱不断。裴弘陀兵马众多,宇文泰派遣特使,意图共同谋划,匡复周代朝廷。裴弘陀惦念旧主,犹豫不定,对裴鸿说:"如今女主临朝,政权归于亲信。盗贼遍地,海内动乱,官军屡次出击,相继败亡。我裴家世代承蒙恩泽,应当与之同甘共苦。如今我打算亲率兵马,急赴京师,内除奸臣,外清叛乱。你看如何？"

裴鸿便问这么做算不算叛乱。裴弘陀正色道："大丈夫行事，光明磊落，这么做，并不是为了个人恩怨。"

裴鸿又说："父亲你了解宇文泰是个什么样的人吗？"

裴弘陀说："他是个明君，也有自己的想法，辅佐他，也是天下百姓的幸运。"

裴鸿说："既然父亲认定这事值得去做，做儿子的断然没有不支持的道理。"

裴弘陀又问："那你说说有没有什么取胜之计？"

裴鸿答道："欲行非常之事，必有非常之人。父亲兵马强盛，位高望重。如果首举义旗，征伐叛逆，辅佐君王，何往而不胜？何向而不摧？古人说：'早晨议定的事，等不到晚上；说好出发，就等不及驾好车辆。'就是指的这类事啊！"

裴弘陀看了儿子一眼，说道："你这番话真是大丈夫的志向啊！"

内有宇文泰呼应，裴鸿率兵赶赴洛阳。叛乱朝臣一一被清剿。宇文泰欲灭罪人九族，裴鸿劝道："这时正是展示您的仁政的时候，如果手段过于暴烈，只怕民众过于畏惧您，恐不会有好的结果。"

宇文泰表示不灭九族，但要处死首犯，向天下谢罪，震慑众人。裴鸿说："这个人虽然疏懒，但他有不避艰险的血性，如今四方动乱，良将难求，请留他一条活命，让他以后效力。"宇文泰听从他的建议，没有处死首犯，而是让他戴罪立功。

裴叔业：驰骋南北，从善如流

裴叔业，河东闻喜人。南齐名将。

当时，南齐朝廷内斗不断。浔阳萧子懋意图带兵建业，削弱萧鸾兵权，却被萧鸾得知，于是派裴叔业袭击浔阳，对外声称是去当郢州府司马。浔阳守军萧子懋知道消息走漏，加强守卫。裴叔业故意坐船沿江逆水而上，造成他不进攻的假象。到了晚上，借着夜色掩护，他带兵突然返回进攻守军，攻破了浔阳城池，但是，萧子懋的军队人数太多，并未能完全占领浔阳。于是，裴叔业就劝说萧子懋："萧子懋，趁现在你们还没有造反，奉劝您还是回到国都，我担保您不会有事。大不了当个闲官，也不失富贵呀。"

萧子懋的部下知道萧鸾的厉害，继续对抗一定没有好下场，结果多人起兵倒戈，投降到裴叔业的部队。萧子懋当然非常愤怒，却也无法改变局面，终被部下所杀。

裴叔业看到归降来的人，说，这些见风使舵，不忠不孝的人，留在部队里也是祸害，还不如尽数杀之。马上有部下劝裴叔业，千万不要开杀戒啊，他们都是军士，不杀他们，将来征战肯定尽力。裴叔业这才醒悟，没有滥开杀戒。

裴虔通：用明逆顺，不齿愚忠

裴虔通，字号不详，河东闻喜人。历官隋唐。

裴虔通出身河东裴氏名门，自幼聪明，家庭背景好，是标准的少年得志。小时候，父亲问他的志向，他说："良禽择木而栖，大丈夫自然也要寻找一个明君。"当时，隋室晋王，后来成为隋炀帝的杨广看中他的才华，用为亲信。虔通的父亲为人老派，见儿子终日跟着杨广，也没多话，只是谆谆告诫裴虔通：

"做臣子的要忠诚,不敢当着晋王的面说什么良禽择木而栖的话,你要小心言多必失。"

裴虔通问:"儿子服从父亲,就是孝顺吗?臣子服从君主,就是忠贞吗?"

父亲没有回答裴虔通的问题,只是问他还记不记得《论语》里孔夫子说过的话。

裴虔通说:"这个故事您讲过多遍,孩儿自然记得。"

父亲就问他:"你说记得,能给我讲一讲吗?"

裴虔通当即讲述:"拥有万辆兵车的大国,只要有四个敢于诤谏的大臣,疆界就不会被割削;拥有千辆兵车的小国,有三个敢于诤谏的大臣,国家政权就不会危险;拥有百辆兵车的大夫之家,有两个诤谏的大臣,那么宗庙就不会毁灭。父亲有个诤谏的儿子,就不会做不合礼制的事;士人有了诤谏的朋友,就不会做不合道义的事。所以儿子一味听从父亲,怎能说这儿子孝顺?臣子一味听从君主,怎能说这臣子忠贞？弄清楚了听从的是什么才可以叫孝顺、叫忠贞。"

父亲说："就只有这些吗？"

裴虔通继续说："孟子曾对齐宣王说过，君视臣如手足，则臣视君如腹心；君视臣如犬马，则臣视君如国人；君之视臣如土芥，则臣视君如寇仇。"

父亲追问："那怎么摆正做臣子的位置呢？"

裴虔通说："君有大过则谏，反复之而不听，则易位。"他终于明白了父亲的良苦用心，知道自己该如何在官场行事了。这也为他后来大义灭暴君埋下了伏笔。

裴行俭：出将入相，大智大勇

裴行俭，字守约，河东闻喜人。唐朝初年军事家、政治家、书法家。

唐朝咸亨初年，裴行俭改任吏部侍郎，除了全面负责吏部事务，还主持全国进士科考试。针对各部人数众多，人浮于事的现状，裴行俭经过调查研究，写就《新格》一文，完善了唐朝遴选朝廷各部人员的办法。具体而言《新格》的内容，就是依靠"身、言、书、判"四条原则来选官。身,即身材;言,即言辞辩才;书,即书写能力;判,即思考判断。有了这四条,先前人事管理的杂乱局面,终于井然有序了。

当时,被后世誉为文坛"初唐四杰"的杨炯、王勃、卢照邻、骆宾王等四人以诗文出名。吏部官员李敬玄推崇他们,就领着裴行俭去考察这几个人的作品和才气。裴行俭省视一番,对李敬玄说:"贤士要想显达致远,首要是大器和胆识,其次才是才艺。像王勃等人,虽然才气过人,只是浮躁露骨,没有内涵,这样的人,不大可能担当大任,为官一方。当然,也有例外,比如杨炯,稳重寡言,应该能胜任一定职务。"之后,事实果然证明裴行俭慧眼识人,说得完全正确。

仪凤元年,吐蕃侵袭鄯、廓、河、芳等州。裴行俭奉命带兵出征,担任前线总指挥。由于双方兵力相当,短时间内目标未达。三年后,吐蕃赞普去世。唐高宗看到吐蕃新老交替有可乘之机,就让裴行俭出

裴氏子孙诵读家训

兵。裴行俭审时度势，认为并不是最好的时机，就行文禀报皇上："吐蕃虽然新旧交替，但现在由论钦陵掌权，大臣们都接受，上下同心，继续抵抗大唐，军力还是强大的。如果在这种时候出兵跟他们作战，不是最好的时机，还是再观察一段时间为好。"高宗听了他的意见，没有冒险出兵。

第二年，西突厥可汗阿史那匋廷都支联合李遮匐，煽动吐蕃叛乱。高宗召集群臣，商议发兵征讨这些叛军。还是吏部侍郎的裴行俭讲了自己的意见："近年来吐蕃数度叛乱，兵火不止。咸亨年薛仁贵就大败于大非川，仪凤三年李敬玄又大败于青海，这几次大战，使得大唐军力削减，那一带的老百姓也遭了殃。这种时候，再兴兵打仗，只怕将士不会尽力，老百姓也不支持。因此，我的意见是军事高压与政治抚慰，双管齐下收服他们为好。正好波斯王驾崩，我愿意做大唐的特使前往。此行要途经西突厥、吐蕃，我一定能见机行事，兵不血刃，用计谋收服他们。"高宗同意了裴行俭的意见，任命他为安抚大食使，出使波斯。

前些年，裴行俭任职西域时，在西北边陲威望很高。这回听说裴大人到来，当地官民纷纷出城迎接。裴行俭趁机放话出来，说当下酷热难当，准备就地休整，待秋高气爽后再上路。叛军中计，不再设防。裴行俭又召集安西都护府所辖龟兹、于田、疏勒、碎叶四镇官长，说是要去围猎。当下就有万人跟随。裴行俭利用智谋，各个击破叛军，平定边陲。

裴行俭靠大智大勇，平定边陲的威名，一时传遍朝廷。

裴羽：仁至义尽，廉洁自律

裴羽，字用化，山西闻喜人。唐末五代时期大臣。

后唐明宗李亶初登帝位，多次赦免天下罪人。裴羽就劝谏道："管子说过，大凡赦免这种事利小害大，时间长了就经受不了它造成的灾祸；没有赦免，则害小利大，时间长了有说不尽的好处。不能把赦免当成恩德，因为赦免了有罪之人，就是对被害之人的不公平。我朝遵循的是历朝历代的法律，要不然，以后还拿什么规章制度来整治民心呢？"李亶知道裴羽是几朝老臣，为人处世有原则，加上他又喜欢臣子提意见，听了裴羽的话也能接受。

裴羽掌管后唐吏部，任职多年。当朝宰相都是裴羽在任时发榜录取的，他坚持公平公正的选拔原则，不收礼，不讲关系。每次公布后，总有一些官员带着新录取的进士拜访裴羽，他的原则是不迎不送，更不收礼。

裴羽的儿子听到一些说法，也认为父亲的做法不合礼节，就问裴羽为什么这样做。裴羽说，我掌管吏部，对于一些下属官吏的求见，肯定带有贵重物品，我要是热情迎送，那就违背了我做官的原则，我不会那样的。儿子虽然不太服气，却也一时无法反驳。

裴羽从这件事感觉到儿子应当好好转变观念，所以，时时拿祖传家训教育儿子，叮嘱他，做人要忠诚，为官一任，要尽职尽责，廉洁自律；对朋友，要仁至义尽，肝胆相照；对自己，也要忠于良知，切不可做一个伪善之人。儿子听从裴羽的教育，后来在官场同样是认真负责，廉洁奉公，政绩突出。

裴坚:知人善任,七条标准

裴坚,字廷实,浙江湖州人。五代十国时吴越国官员。

五代时期,裴坚流落到江南,侍奉吴越王钱镠。

一次宴会上,吴越王钱镠对裴坚说:"听说你知人善任,擅长评论各种人才,你不妨从你的本家裴羽开始,评价一下他们这些官员的优缺点,同时也和他们比较比较,你在哪些方面更有出众之处。"

裴坚明白这是皇上在考验自己,就说:"孜孜不倦地工作,一心为国,凡是知道的事都尽心尽力,在这方面我比不上当朝宰相。常常留心问题,敢于直言劝谏皇帝,这方面我比不上裴羽。文武全才,既可在外带兵打仗做将军,又可以进入朝廷搞管理,我比不上王弘倧。向皇上报告国家公务,详细明了,宣布皇上的命令,或者转达下属的汇报,能坚持做到公平公正,这方面我赶不上钱俶。处理繁杂事务,解决难题,办事井井有条,这方面我不如郭威。至于批评贪官污吏,表扬清正廉洁,疾恶如仇,知人善任,我也有一技之长。"

钱镠又问:"知人用人有没有什么判断标准呢?"

裴坚思考一番,答道:"当然有。第一,要考察他对是非问题的判断,由此看他是否胸怀大志。第二,用尖锐的问题诘难他,看他能否做到随机应变。第三,咨询一些专业问题,看他的对策,可以考察他有没有知识经验,具不具备分析和解决问题的能力。

第四,看他醉酒后的反应。第五,看他能否经得住财富诱惑。第六,看他在祸难面前有没有知难而进的勇气。第七,托付他办事,看看他的信用如何。"

吴越王钱镠听得高兴,直说有此七条,不怕选不出贤能的人。在座大臣更是频频颔首,赞叹裴坚的观点。

裴庄：忠于职守，正直为官

裴庄，字端己，四川阆中人。北宋重臣。

乾德三年，北宋灭后蜀，裴庄归顺宋朝。先后任虹县县尉，高陵县主簿。任职期间，裴庄忠于职守，办事公道，获得许多人称赞。不久，调往山西忻州，代理录事参军。因为管理粮草出色，又改任辽州判官。

雍熙三年，北宋大军巡守边防，朝廷委任裴庄掌管随军粮草。朝廷主管这项事务的长官杨守一赞赏他的出色业绩,向朝廷举荐,擢拔裴庄为大理寺丞。

几年后,契丹人掳掠北宋的赵州、深州等地,宋太宗赵炅召见裴庄,询问边防事务。裴庄讲了边境地区双方力量对比,北宋大军能够控制局势,契丹人只是小打小闹,不必大动干戈。况且,中原人民安居乐业,休养生息多年,没有人愿意看到战火重燃,契丹也没有打仗的意愿,还是采取措施,和解为好。宋太宗听了,感到裴庄分析得有道理,没有派军队跟契丹开战,减轻了民众的负担。

咸平二年,契丹休整几年,实力壮大,不断侵犯宋朝北境,这时就不能和解了。北宋朝廷任命裴庄为河北转运使,跟随大将傅潜,统率大军驻扎定州,平定契丹。这个傅潜没有什么真本事,靠的是攀附权贵当上主将的,因此,屡次与契丹交战都不能胜利。裴庄看在眼里,很是着急,于是上奏朝廷,强调傅潜没有谋略,没有勇气,恐怕会招致大败。然而,皇帝听信谗言,相信傅潜,对裴庄的建议并不采纳,反而把裴庄调离军队,让他到越州当知州。此后,傅潜战败,致其罪。远在内地做知州的裴庄,不失时机地上奏朝廷,要求严惩傅潜;同时,他还提议,应当废除横征暴敛政策,改变繁苛刑法,慎选官吏,重视农业。朝廷在事实面前,终于重新认识到裴庄的忠诚,采纳了他的意见。不久,裴庄又改任潞州、邢州等地知州。

裴琏：执法如山，只带清风

裴琏，字汝器，号野舟。祖上为山西闻喜裴氏家族，出生在湖北省监利。太学生出身，官至工部侍郎。

洪武二十八年，明太祖朱元璋亲赐裴琏上品官服，让他深感责任重大。到了任职地方，裴琏深入民间，访贫问寒，尤其是对那些无以为生的穷人展开救济，受到老百姓的赞扬。

可能是考取数年,才获得功名,也可能是从小父母的教育让裴琎明白,公正合理的世道何其艰难,所以,待他上任执法,总是刚正不阿,遇上有犯法的权贵来求情,他也丝毫不让步。

当时宦官专权,每逢朝会,各地官僚为了讨好他们,都会献珠宝白银。而裴琎每次进京,总是不带任何礼品。同僚们就劝他说:"你虽然不献金银珍宝,攀求权贵,也应该带些土特产,送点人情,以后朝中有人给你说情。"

裴琎常说的一句名言是:"我只带清风进京。"

永乐初年,朝廷起用裴琎做监察御史,专门负责清查贪官。任职期间,裴琎一如既往,执法严明,刚正不阿。有一回,裴琎得知权贵汪东林欺压百姓,便上疏弹劾。汪东林本是皇帝亲信,皇帝如何听得进去裴琎的忠诚意见,不仅不采纳他的弹劾建议,反而大为震怒,当即命令逮捕裴琎。

皇上和一群大臣、亲信直接审问裴琎,把大刑伺候的裴琏押到堂前,皇上和大臣轮流训斥他。裴琏并不认罪,坚定地强调汪东林就是贪官,必须要清除,否则会引起朝廷动乱。

皇帝越发恼火,问他为什么都到了这个地步,还敢不认罪,还要坚持清除汪东林。

裴琏说:"我要是为了求生保命,肯定不能这样做。我为国而死,虽死无憾。您是皇上,要杀掉我轻而易举。我就是到了地府也不会改变!"

满朝文武见裴琏如此刚正不阿,颇为感动,敬佩他是真正的御史,不但口如铁,其膝、其胆、其骨,都像铁。

皇上和众大臣被裴琏的刚正不阿所感,没有从重处理他,只是降级处理,不让他继续在京为官,安排他到涪州任知州。

第六话

【传奇故事世代传】

裴安祖：悠然乡贤，智慧为官

裴安祖，河东闻喜人，北魏年间乡贤。

古代有规矩，已冠而字之，成人之道也。裴安祖聪明伶俐，还不到弱冠年龄，就被东雍州的州牧相中，任命为主簿。主簿即为掌管文书的佐吏。所有州衙需要起草上奏的折子，百姓击鼓鸣冤要州牧决断是非的当堂记录，都出自主簿之手。学识渊博且决事公道的裴安祖在主簿的位子上如鱼得水，游刃有余。可有一样,他还是跟小时候一样喜欢睡懒觉。州牧说,假如裴安祖能改掉嗜睡的毛病,做比我大的官都不在话下。

东雍州北塬薛店有一对亲兄弟,老爷子过世后留下一副三齿耧车,兄弟俩都想要,由口舌之争演变成拳脚相加,随后两人的老婆娃娃都掺和进来了,闹得很厉害,官司打到州牧那里,州牧偏巧进京述职,州衙无人打理。正在酣睡中的裴安祖被吵醒,他打着哈欠把兄弟二人叫到一旁说,记得小时候,教我的先生经常把一句"兄弟阋于墙,外御其侮"的话搁在嘴边,《周易》里边有一句"二人同心,其利断金"。今天我看到你们兄弟二人为一件农具争得面红耳赤,就差白刀子进去,红刀子出来了。我就怀疑古人说的那些话,也不一定都正确啊。我们裴家的家训里还有这么一句话"世间难得,莫如兄弟。连气分形,友恭以礼。姜被田荆,怡怡后启"。是不是我家的家训也出了问题了?裴安祖的一席话,把兄弟俩说得哑口无言，他们互相看一眼，低着头走出州衙。第二天，裴安祖正在堂上打瞌睡，昨天走掉的那兄弟俩又回来了，他们手挽着手走上堂来，撩衣跪倒，给裴安祖磕了三个响头。老大说，听君一席话，胜读十年书，我们为了一件农具，居然把兄弟情分丢在了一边，真是不应该啊！

裴安祖劝说兄弟俩息讼的事儿一时在东雍州传为美谈。有一次，他与几个当差的小吏一块喝酒，酒过三巡，其中一个掌管州衙车舆马匹的小吏说裴安祖是御风而飞九万里的鲲鹏，怎么会甘心做一只井蛙呢？

裴安祖连连摇头说，我是一只居安乐天的燕雀，哪有什么鸿鹄之志呢！庙堂高峻，我即使踮起脚尖都够不着。况且，京师博大如海，我万一去了那里，就是沧海之一粟，消失得无影无踪。京城小吏整日做些鸡毛蒜皮芝麻绿豆的小事，下半辈子就算交代了。与其如此，哪如我在州牧的衙门里做些具体事务呢？

裴佗：清正为官，端方为人

裴佗，字元化，河东闻喜人。北魏良臣。

宣武帝时，提拔裴佗为司州治中。司州治中虽是司州下边的一个文职，但掌管的却是京师洛阳之地的众曹文书，在一般官员看来，那一定是个肥缺。加之又没有人替裴佗在朝中说话，一些针对他的流言蜚语甚嚣尘上，对裴佗非常不利。司州有一次上早朝，见负责监察百官的御史向宣武帝弹劾一个人，这个人不是别人，正是他手下的治中裴佗。司州说："木秀于林，风必摧之，此话不假呀，裴佗纵然不算是一个完人，也总不算是一个昏官吧？以前我不清楚他的为人，但自从他做了治中之后，我觉得裴佗做事是一个很讲规矩的人，他所撰写的文书从未出过差错，御史大人如果是弹劾别人，我也就不言语了，至于裴佗，我以为应该嘉奖才对。"御史手执玉笏说："我与裴佗素无瓜葛，为什么要冤枉他。我是听了大家私底下的议论才禀奏皇上的。"

裴佗在竹榻上恍恍惚惚看见金銮殿上的宣武帝和颜悦色地对他说，裴爱卿，根深不怕风摇动，身正不怕影子歪，你做员外散骑常侍那阵儿，朕就对你一百个放心。阳光西斜了，西斜的阳光朗照在裴佗身上，裴佗觉得自己一点都不歪，歪掉的是某些人的良心。就比方他后来任赵郡太守期间，整肃吏治的做法惹急了地方上的贪官污吏，这些人又联名上本参劾他，宣武帝均置之不理。而到他转任前将军、东荆州刺史的前夕，赵郡的百姓做了一件令他终生难忘的事情。那是一个赤日炎炎的夏日正午，当裴佗牵着一匹骡子，驮着他简易的行李走出太守府时，却被眼前的景象惊呆了。赵郡最宽阔的那条砖砌的大街上，黑压压站满了人，人们脸上淌着汗、挂着笑，手里捧着酒具，见他出来，齐声高呼裴青天慢走！再比方，他后来赴任的东荆州境内强人林立，占山为王为寇的数不胜数，他的前任几乎都栽在治安上头了，而他不费一卒一马，仅派了一个能够晓以利害的说客，就使多少绿林豪杰接受了诏安，曾经动荡不安的东荆州变得河清海晏，一派升平。

裴文举：俭以养廉，仰承乃父

裴文举，字道裕，河东闻喜裴氏族人。南北朝时期大臣。

宇文觉是宇文泰的三子，也是北周的开国皇帝，他在堂兄宇文护的扶持下仓促登基，又在一个月后被堂兄篡杀。武帝宇文邕，经过十二年的韬光养晦才得以诛杀宇文护。北周朝廷在血雨腥风中前行，而那些类似裴文举一样的文臣武将只能在各自的官位上尽职尽责。

齐国公宇文宪十分器重裴文举，在他前往蜀地任职时，就把裴文举带去，任命其为益州总管府中郎，后又加任为使持节、车骑大将军、仪同三司，掌有生杀大权。其时，益州境内，沃野千里，六畜兴旺，市井喧哗，商贾渔利颇丰，就连益州的空气里都蕴含了富庶的味道。像裴文举这样大权在握的官员，在蜀地是屈指可数的。他的下属每次去拜访他，都会觉得他的府邸太过寒碜了，空荡荡的屋子里，仅一桌一床而已。下属便说："以往益州的父母官，赴任时单人匹马，离任之时，大包小包，车马盈巷，也未见得有贪名上达朝廷的。裴大人一心为公的同时，也该替自己的日后想想。其实大人只需一句话，什么都有了。"

裴文举指着墙上一幅字说："我们裴氏祖先有言在先，凡裴氏子弟，勤能补拙，俭以养廉。我身为朝廷命官，怎么会去做贪赃枉法的事。虽说没人讨厌钱财，可相较于名节，钱财毕竟是身外之物，在王道面前,只有名节是至关重要的。"

这件事传到宇文宪耳中,宇文宪就把裴文举叫去,问他家里有什么困难,但说无妨。裴文举说:"古人说得好,大丈夫处世,当扫除天下,安事一室乎?我连自己家的困难都解决不了,还怎么替益州黎民百姓服务啊?"

宇文宪拍着他的肩膀说:"你是我最信得过的朋友。"

数年后,裴文举从蜀地回到中原,调任绛州刺史。初到绛州,就觉得此地似曾相识。他脱掉官服,在绛州随处走动,看到有乡民聚集的地方就凑过去,想听大家聊些什么。乡民们除了谈些庄稼收成儿女婚嫁之类的事情,更多的是谈及新上任的刺史老爷。有人就说,这个刺史老爷不知是不是贪官啊,估计再没有像裴邃郡守那样爱民如子的好官了,每年春巡,裴大人就用一辆车子上路,跟班儿的也能少则少……

听到这些议论,裴文举宛如被雷电击中一样,裴邃不是别人,正是他死去多年的父亲,现在他才明白过来,父亲当年也在这个地方做过郡守,并留下了廉约自守的好名声,以至于过了这么多年,老百姓提起来都还念他的好。

裴文举在绛州任职三年,就像他父亲一样被老百姓称赞为好官。

裴宽：心如晋水，不徇私情

裴宽，河东闻喜人。唐朝大臣。

中国古代有一条刑法叫"收孥相坐律"。大约在秦朝就有了雏形，到了汉文帝时期基本确定下来了。高丽人王毛仲就是被这条刑法剥夺了自由的权利，很小就被没入官府为奴。幸运的是，王毛仲的主人是临淄王李隆基。李隆基很喜欢这个性识明悟、骁勇善射的小孩儿，并把他逐步培养成统领万骑的龙武将军。

在李隆基通往大明宫的路上，王毛仲始终是他的死党，诛杀韦后，剿灭太平公主及其余党，王毛仲均立下汗马功劳。李隆基登基后授予他左武卫大将军，进封霍国公，后又加开府仪同三司。位极人臣的王毛仲怎么也没想到，他的权威有一天被一个叫裴宽的刑部员外郎貌视了。

王毛仲是带着一份厚礼找到裴宽的。依他的身份是不需要这么低声下气，可为了保全部属马崇的性命，他什么都不顾及了。王毛仲是个体恤下属的仗义之人，在他看来，为朋友两肋插刀挺正常。他求裴宽办一件事，就是放了万骑将军马崇。细说起来，这个马崇也不是什么好人，仗着自己手握兵权，天王老子都不放在眼里，因为一件鸡毛蒜皮的小事，竟在人来人往的长安城朱雀大街上明目张胆地杀了一个人，他把刀上的血还在那人衣服上揩了揩。被杀之人的家属呼天抢地，用独轮车推着尸体去刑部打官司，要求严惩凶手。

杀人当然要偿命，所谓刑不上大夫并不是什么时候都行得通，在裴宽这里就行不通。他已经把秋决马崇的意见上报了朝廷。这时候，王毛仲坐着官轿来府上拜访他了。

裴宽笑眯眯地接待了霍国公。他说："鄙职和国公爷都是效忠当今圣上的臣子，国家所定的律法谁都要遵守，如果马将军犯的是谋而未行之罪，下官倒可以替他开脱，可他犯的是谋而已杀之罪，下官纵有天大的胆子也不敢包庇他，马将军是咎由自取啊。"王毛仲不听这个，只是命人把带来的礼物给裴宽放下。裴宽却像踩了蛇一样尖叫起来，说万万使不得，国公爷是要我裴宽的命呀。就这样，王毛仲在裴宽的一惊一乍中碰了一鼻子灰，又带着那份礼物骂骂咧咧回到国公府。

王毛仲很生气，从来没有人敢这么不给他面子，裴宽是第一个。但他身边一个参军对他说，国公爷有所不知，这个裴宽可是有故事的人，您给他送礼，真的是要他的命哩。参军给王毛仲讲了裴宽瘗鹿的故事,最后对王毛仲说,国公爷当初就不该去求裴宽,他是个认死理的人。

王毛仲冷哼一声,说不识抬举。嘴上这么说,心里也这么想,总觉得是裴宽把他的面子给驳了,让他堂堂的霍国公下不来台,不就是个小小的刑部员外郎吗!

心胸豁达的裴宽并没有把这件事放在心上。

裴怀古：身为表率，明察秋毫

裴怀古，寿州寿春人（今安徽寿县），唐代武周朝大臣。

武则天称帝后任命裴怀古为监察御史。监察御史不算个大官，按品级排序，只是正八品下，但它权限很广，"分察百僚，巡按郡县，纠视刑狱，肃整朝仪"，所以裴怀古的工作很杂。有一天，大理寺接到一封举报信，是恒州鹿泉寺一个和尚写的，举报寺内的方丈净满，用弓箭射击一幅女子图，影射武皇，而那幅女子图就藏在净满装经书的经笥里。案件非同小可，甚至惊动了武皇。

裴怀古接受了这桩案子后觉得此案扑朔迷离。首先，上书的折子上没有署名，连当事人都不好找；其次是佛教自入中原以来，基于自身信仰，很少听说佛教徒会与朝廷为敌的，这个净满既可以做一寺之方丈，说明这人脑子还算清醒，自然做不出鸡蛋碰石头的蠢事；三是佛门乃方外之地，出家人讲究六根清净，怎么会有六根不净之人举报他们的掌门人呢？

裴怀古去了鹿泉寺，勘察了几日，寺院里的和尚沙弥一个个都盘问过了，只有其中一个执事说不敢肯定方丈用箭射击女子图。而裴怀古又听其他和尚说这个执事因贪污寺院里的香火钱，前些日子被方丈训了一顿，还面壁思过了三日。裴怀古心里大致有了底，这才依照举报人所言，在藏经阁里找到一个经笥，打开经笥，一幅画赫然摆在经卷之上。画里并不像折子里所说是单纯一幅女子图,而是一个和尚在用弓箭射击一幅画的图。裴怀古不禁哑然失笑,栽赃方丈的这个和尚脑子怕给驴踢了,举报内容与实际明显不符。

  裴怀古没有对净满一杀了之,而是带着那幅画回到京城面见武皇。武皇问他杀了没有,他说没杀。武皇追问怎么没杀,他说人家没罪怎么要杀。武皇说你连画幅都带回来了,怎么说没罪。裴怀古就一五一十给武皇讲他的道理,武皇也就相信他了。

裴佃先：挺身而出，公道人心

裴佃先，山西省闻喜人。唐朝大臣，官至尚书。

武则天统治时期，总是做一些超出常理的事情，比方高宗驾崩，中宗继位，她敢冒天下之大不韪废黜了中宗；然后公然自任皇帝，改唐朝为周朝。持不同政见的官吏，多数人被杀头。裴佃先的叔父，因定策之功而封为河东县侯的中书令裴炎，出于公心，苦苦规谏武则天还政于睿宗，女皇大怒，下令把裴炎斩杀在洛阳都亭。斩了裴炎，就有散落在朝堂内外的耳目告诉武皇，有人到处宣传裴炎无罪。武则天觉得不可思议，还真有不怕死的，就想见识一下这个散布流言的究竟是何许人也。很快，手下人就抓到了散布流言的人，居然是裴炎的侄子，名叫裴伷先，官位是太仆寺丞。

十七岁做了太仆寺丞，毫无疑问，裴伷先是个绝顶聪明的人。但再聪明，也免不了头脑发热，做一些一般人都很难做出来的傻事，竟然要跟不可一世的女皇对抗，他要为自己的伯父裴炎的惨死鸣冤叫屈。他迈上大明宫的汉白玉台阶的时候，心里唱着一支古歌：风萧萧兮江水寒，壮士一去兮不复还……他把自己想象成慷慨赴死的荆轲了。

武则天是在宣政殿召见裴伷先的，一个是中国历史上唯一正统的女皇帝，一个是初生牛犊不怕虎的裴伷先，两个人在宣政殿内进行了一场别开生面的对话，以至于一个名叫牛肃的唐代小说家，尽可能逼真

挺身而出裴伷先

地把他们之间的对话进行了复原。

武则天先声夺人质问裴伷先:"你伯父谋反,触犯了国家的法律,你是他侄子,我没有连坐你就算待你不错了,你还要替你伯父申冤对抗朝廷吗?"

裴伷先心平气和地说:"我是一心为陛下着想,哪敢诉说冤屈?陛下是先帝的皇后,李家的媳妇。先帝下世,陛下执掌朝政,这不是妇道人家该做的事啊。"

接下去,裴伷先的话锋愈加变得尖锐起来,像刀枪,像匕首,直戳武则天的心窝。他说你这个有悖人伦的妇人啊,先帝尸骨未寒,你就敢自称皇帝,你这么做,会让海内愤惋,苍生失望啊!我的伯父裴炎是李唐社稷的大忠臣,你却容不下他,杀了他也罢了,你还要斩草除根,陛下你把心机都用在对付良臣身上了,我都不知该怎么说你好了,我希望陛下能够光复李唐社稷,迎太子登基。如能够采纳我的意见,亡羊补牢,为时未晚。后面那句话,裴伷先接连说了三次,已经有了勒令的味道。

那天的天气很好,宣政殿外秋阳高炽,武则天本来心情也像天气一样秋高气爽,可惜裴伷先的出言不逊把她彻底激怒了,挥了挥手,立刻有武士扑上来,将裴伷先擒住。武则天下令杖刑一百,然后发落瀼州。裴伷先是自己把裤子脱下来让金瓜武士杖击屁股的,没揍几下,屁股就烂了。再揍几下,人也晕过去了。揍到九十八下时,裴伷先又悠悠醒了过来。

裴伷先没被打死,留下了性命,终于等到了武则天退位,冤案获得平反,他回到长安重新做官去了。

裴谞：心系百姓，呵护忠臣

裴谞，字士明，闻喜人，裴宽之子。中唐名臣。

安史之乱平息后，裴谞被唐代宗授予太子中允，数年后，又任命他回老家当河东租庸盐铁使。据《资治通鉴》记载，唐代宗广德二年，关中虫蝗、霖雨，米斗千余钱；次年，是春不雨，米斗千钱。但是，那个时代，民间疾苦很少能传达到皇宫的。有一天，唐代宗召见回京城办事的裴谞，问裴谞："今年朝廷征收的酒税有多少?"

裴谞十分讶异,他觉得皇帝所言太离谱了,自古民为贵,社稷次之,君为轻,而当今皇帝不问民之疾苦,却开口便问国家盈利多少。

唐代宗见裴谞没有回答他,又追问了一句。

裴谞就说:"臣从河东而来,走了三百里路,见到的乡野一片荒芜,现在都立夏了,庄稼还没有下种,百姓秋天又该吃什么呀。我以为陛下看到臣,第一句必定要问灾民情况。"

唐代宗不禁哑然,继而满含愧疚地说:"裴卿说得对,不是你,我真的听不到民间的声音。"因为这个原因,裴谞升任左司郎中。

接着发生的一件事让朝中大臣莫不对裴谞另眼相看。建中元年十月,唐代宗的丧事接近尾声,但依据惯例,全国百姓不得操办任何喜庆活动。裴谞却向刚刚继位的唐德宗举报了功高盖世、权力极大的汾阳王郭子仪,说老郭家的下人在家里私自宰羊呢。

虽然德宗没有把这件事放在心上,但在当时的朝臣中却引起不小轰动,许多人都说裴谞小题大做,更不需因一件小事得罪汾阳王。裴谞不这么看,他说汾阳王郭子仪位高权重,有人会说他党羽众多会危及皇上的江山,我揭发他,说明朝堂之上并非都是他的人,对上我尽了为臣之道,对下则呵护了忠臣的安全。

裴谞岁终七十五岁。临终前,儿子问他,有什么事情需要交代的?裴谞想了想说,当初你爷爷让我做个清官,说皇上会赐予我金鱼袋的,可皇上没有给我金鱼袋,说明我还做得不够好,你替我努力啊!

裴济：明断刚毅，衷心可鉴

裴济，字庄，官至河南少尹，四十岁即辞世。唐朝良吏。

在大唐，来瑱是个有争议的人。他在平息安史之乱中战功卓著，安禄山部下一提来瑱，就浑身发颤。来瑱在颍川城墙上射箭，只要在他射程内，叛军士兵无不应弦而倒，他们称来瑱为"来嚼铁"。唐肃宗和唐代宗都害怕来瑱居功自傲，架空朝廷，于是，都想方设法要除掉他，肃宗没有达到目的，而最终，来瑱也未能逃脱代宗皇帝下诏赐死。

还在来瑱做襄州刺史时，他很看重裴济，表奏裴济为襄州参军事，后任功曹掾。曾有个下级官员来府衙告状，说地方上有个赖皮把他的官印夺走了。裴济觉得好笑，你身为朝廷的官员，竟然官印让人抢走了，你这么窝囊还怎么替百姓主持公道啊？想归想，他还是派人把那个赖皮捉来了。赖皮家里有钱，亲戚又在朝廷做官，比来瑱的官衔都大，在襄州没有人敢惹这个赖皮，见了裴济也不下跪。裴济却不吃他那套，该打板子就打板子，该羁押就羁押，没用几日，赖皮服软了。来瑱听说这事后，直夸自己慧眼识珠。

等到来瑱事发后，曾受他恩惠过的门吏、朋友，一个个溜之大吉，连他的尸体都无人敢收。后来是裴济和一个叫殷亮的人，为来瑱收尸并厚葬的。这事可以看出裴济的忠心，他的为人得到宰相李勉的赏识，后来他做中军中宪，就是李勉提拔的。

裴夷直：耿介忠直，忧伤天涯

裴夷直，字礼卿。河东闻喜裴氏族人。中晚唐著名诗人。历任右拾遗、吏部员外郎、骥州司户参军等，最后的官职是散骑常侍。《全唐诗》收录裴夷直诗一卷，最有影响的一首是《献岁书情》："白发添双鬓，空宫又一年。音书鸿不到，梦寐兔空悬。地远星辰侧，天高雨露偏。圣期知有感，云海漫相连。"

有一年，朝廷下旨，凡国家的有功之臣，均可享受一子赐授五品的恩惠。政策一出，朝野为之轰动，不管有功无功的官员，都想分得一杯羹，打擦边球者不计其数。太子太保张茂昭因平定王承宗叛乱有功，也在赐官之列，他的几个儿子，要么官过五品，要么年龄太小，但他又不想让这个指标作废，想来想去，就想到了自己的外甥。他满以为这样的诉求不会引来别人的非议，却不想，时任吏部员外郎的裴夷直向皇上唐文宗谏言：国之政策不容有半点更改，张茂昭投机取巧，以外族远亲冒名顶替，有违朝廷律法，理当禁止。

皇上认为裴夷直说得在理，就把他的意见纳入律令中了。好在张茂昭是个豁达之人，并没有计较裴夷直。这样，反倒让裴夷直觉得对不住张茂昭。

唐朝的宫廷，总是隐藏着重重杀机和风险。唐文宗做了十四年傀儡皇帝，临死都不能把皇位传承给他所册封的太子。唐武宗李炎不是唐文宗的儿子，而是他的弟弟。武宗取代太子登基，完全仰仗了宦官的势力，也就显得名不正言不顺了。新帝登基，需要尚书、中书和门下三省官员联合署名，时任中书舍人的裴夷直看了看宦官手里捧着的传位册牒，狠狠地冷笑两声，他没有在上面签字，他觉得这个新皇帝来路不正。有因必有果，等到唐武宗即位后，就很自然地把裴夷直下放到杭州当刺史去了。"江南列郡，余杭为大"，杭州刺史毕竟是个美差，这样的安排仍不合武宗心意，第二年，索性把这个招人讨厌的裴夷直远远打发去了驩州。驩州也叫欢州，在今天的越南北部。

就是在驩州，裴夷直把满腹委屈化作满纸驿动的诗行，却不愿在笔尖下流露出哪怕一点点对朝廷昏聩的失望和抱怨。"天海相连无尽处，梦魂来往尚应难。谁言南海无霜雪，试向愁人两鬓看。"裴夷直把对家国的忧患，就这样丝丝入扣地融入纸张里，融入自己未老先衰的容貌里，那种隐藏于内心的刻骨的痛，没有人能够理解，也无人可以替代。

五年后，武宗驾崩，宣宗继位，裴夷直才奉诏回京，结束了在南国驩州五年的流放日子，但耿直的性格并没有改变。

裴说：大魁天下，不做伪官

裴说，桂州（今广西桂林）人。闻喜裴氏族人。唐哀帝天祐三年丙寅科状元及第。唐亡后，在后梁为官，累迁补阙，最终做到礼部员外郎。

裴说与弟裴谐皆有诗名，诗风近贾岛，苦吟有奇诗。《全唐诗》有存诗数首。裴说为诗讲究苦吟炼意，追求新奇，又工书法，以行草知名。

每隔三年的春暖花开季节，礼部都要举行春闱选士。举子们有金榜题名的，也有名落孙山的，在孙山之后，年年都有一个落榜的书生裴说。别人落榜是因为疏庸愚钝，是因为才思枯竭，是因为受不得头悬梁锥刺股的十年寒窗苦，拿不出一篇像样的诗赋；唯有这个裴说让人哑然失笑，他投考的诗赋总是固定的十九首五言诗，标题都懒得变一变，连新瓶装旧酒都算不上。场场如此，主考都看腻了，说这个裴说八成是一根筋，要么脑子进水了，要么脑瓜让驴踢了，他除了这十九首，再不会写一首新作？

裴说的五言诗十九首慢慢变成春闱场外人人提及的笑话。有与裴说一同会考几次的举子就劝他，多写几首新诗应该不是什么难事，你哪怕换个题目也行，总不能老拿旧作敷衍主考大人吧？

裴说一边摆手一边摇头："你有所不知啊，这十九首是我辛辛苦苦写出来的，可谓一字一珠，却没有人能够赏识它，我何苦再用新诗取悦主考呢？举世皆浊我独清，众人皆醉我独醒，有志无时，命也奈何？"

有一次住店,裴说没有银子,要欠下以后一次给,却被店家赶了出来。店家说:"你这人真不厚道,上一次的店钱还没给呢,这次又来打白条,就你这德性,下一次科考也中不了。"

天祐三年,恰逢薛廷珪出任尚书左丞担任主考,丙寅科春闱,他看过裴说的试卷后只说了一个字,好。然后就用朱笔在试卷背面左下角画了六个圈。等到殿试传胪,裴说一举拔得头筹,为殿试第一甲第一名,也就是状元。接着是十字披红双插花,夸官三日,按当时的说法叫"大魁天下"。那个把裴说赶出客栈的店家不知听谁说裴说中状元了,不光不要银子了,还在自家客栈的门楣上挂了一块书有"进士第"的匾,逢人就说,裴状元是住了他的客栈才独占鳌头的。以后,每到春闱,举子们都慕名前来投宿,生意火得不得了。

从那一年的那一天开始,裴说的诗稿一下成了秀才们的"抢手货",大家争相传抄他的十九首五言诗,一时洛阳纸贵。在灞陵桥头，在曲江池边，在朱雀街口，在慈恩寺里，到处有人议论裴说的诗和裴说这个人。有人说："裴状元写诗，非奇思妙构而不展纸，非意表琢炼而不举笔，真有郊寒岛瘦之风范啊！"

裴说在状元府的书案上走笔如游龙，写下一首诗："数朵欲倾城，安同桃李荣。未尝贫处见，不似地中生。此物疑无价，当春独有名。游蜂与蝴蝶，来往自多情。"他觉得这些人真好笑，落魄时，说三道四，得意时，巴结逢迎，这就是世道人心啊。

裴说是个命苦之人，刚刚授命礼部员外郎，官位还没有坐热，相国朱全忠就取代唐哀帝在金祥殿称帝了，称为后梁国。裴说心里很不舒服，自古忠臣不事二主，他把得之不易的官服穿上又脱下，脱下又穿上，总觉得自己不是个正经官，是个伪官。

在一个雪后的清晨，裴说忽然想起老师贯休，他一边想一边低吟："忆昔与吾师，山中静论时。总无方是法，难得始为诗。冻犬眠干叶，饥禽啄病梨。他年白莲社,犹许重相期。"

没多久,后梁新皇登殿,有礼部尚书呈奏,礼部员外郎裴说举家外迁,不辞而别。原来裴说实在不愿意做伪官,悄无声息地带着家人离开长安了。

裴约：精忠之节，仕专一心

裴约，字元俭，五代时后唐将领。

裴约被派去泽州做牙将。牙将又称牙门将，其实就是泽州的城防长官，手下有五千来人，上面还有牙军主帅，主帅上面就是安义军兵马留后李继韬。李继韬是裴约曾经跟随的后唐军队统帅——昭义军节度使李嗣昭的儿子，李嗣昭战死，李继韬因不满庄宗李存勖，欲投降后梁。

几天来,裴约心事重重,他叮嘱驻守城楼的官兵,密切注意洛阳方向的动静。已经有人向他透露,李继韬想要投靠梁朝,曾多次派幕客魏琢和牙将申蒙秘密渡河南下。消息来得很突兀,裴约心里不住地打鼓,李嗣昭的儿子怎么这么不省心呢?站在城楼上,裴约的视线越过起起伏伏的平川和山梁,眺望着潞州方向的云端,那里乌云一片。

令裴约担心的事情到底还是发生了。李继韬有个弟弟叫李继远,年少轻狂,带了百十来个骑兵投奔梁朝了。梁朝很快就投桃报李,派大将董璋来接应李继韬,梁军的帐篷就扎在泽州城南。

七月酷暑,裴约站在燥热异常的城墙上,面对着城墙下的官兵和百姓痛哭流涕地说:"我跟随昭义军节度使已经多年了,在猗氏大败王琪,在泽州大败丁会,在太原逼退梁军,在望都救庄宗突围于契丹,哪一次不是出生入死?节度使还经常犒赏士兵,无非是想报梁朝灭唐之仇,可老英雄尸骨未寒,他的儿子就当了叛徒，我宁肯死在这里，也不会让他的阴谋得逞。"

董璋的大军把烈日下的泽州围得水泄不通。城外的箭矢雨点般射向城头，守城的士兵倒下一大片，城里的百姓也前赴后继地冲上城墙。他们看到牙将裴约命令打开城门，带着一哨牙军策马扬刀冲向敌营，奋力拼杀。裴约的肚子让对方的长矛挑开一道血口子，连白白红红的肠子都掉出来了，裴约把肠子往肚里一塞，从战袍上撕下一块布简单包扎了一下伤口，又杀向敌人……

消息传到太原，庄宗李存勖一面派遣北平王李绍斌火速增援泽州，一面对大臣们说："我没有亏待过李继韬，也没有厚待过裴约，可他们怎么就这么不一样呢？我不能因为一个小小的泽州，损失一位忠臣啊！"

李绍斌的五千轻骑是八月壬申日晚上出发的，路上马不停蹄走了三天四夜，到了第四天早晨，已经能够望见泽州的城楼了，路边庄稼地里有个锄草的老农对下马喝水的一个官兵说："你们是去救裴牙将的吧？晚了，人早死了，梁军把满城百姓都快杀光了。"

一百八十多年后的宋朝，有个叫王孝迪的礼部尚书，奏请宋徽宗在泽州为前朝的裴约建庙，取名叫旌忠祠，并追封裴约为忠烈侯。当时的牒文里这样写道："惟尔生于五季，仕专一心，崛然扰攘之间，奋以精忠之节。视彦章而克壮，配仁赡而用光。有司遗文，久稽典祀，锡之侯爵，贲以嘉名，岂惟慰一郡之心，实以垂千古之训。"

裴志灏：题顺气石，解百年案

裴志灏，字汉友，号慎堂，清朝乾隆年间曲沃县张村乡大李村人，闻喜裴氏族人。曾经任安徽宁国府同知，分守宁国。闻喜裴氏能够成为一门望族，影响深远，其中一个重要原因是有一部《河东裴氏新谱》传下来，主持编著这部《新谱》的就是裴志灏，其功不可没。

裴志灏出任安徽宁国府同知的第二天，就有人把一份状子呈到他的案头,状子上写着:"具禀宁国府王某等,禀为抹案朦详,叩恩核卷,檄饬委勘事。身等村后有祖山……大人垂情,恩准檄府勘讯公断,万民感戴上禀。"有个负责文案的小吏告诉裴志灏,这是一起久断未决的纠纷案,王姓一族与方姓一族为争一块山田,官司打了几百年,前朝时候就告来告去,谁都不服谁,本朝各级通判、知县也多有审理,王、方二姓却屡结屡翻,照告不误。吏目把历年来审理此案的禀状,知县的奏疏、饬令等一大摞公牍文书搬来给裴志灏看。

裴志灏大体翻了翻这些公牍文书,心里就有了底。他发现,这起案件虽然历时久远,各级同僚也多有公断,但是要么把山林判予王姓,要么判予方姓,而官司输掉的一方多有不服,每一任地方官员在决断案件时,大都以双方提交的契约及第三方证人为依据,缺乏至关重要的一环,就是实地勘察山林的方位与走访事发地群众。

裴志灏独自出了一趟城，他看到事发的山脚稻田旁坐着两个老人，他说他是新来的教谕，不了解当地的风俗民情，甚至连哪座山是哪个村的，又是哪户人家的都不清楚。两个老人相视而笑，一个说，不用说你这个外乡人了，就连我们当地人也断不清这个是非，老皇历了，翻不得。另一个说，这山哪，左半边种的是香榧，右半边长的是红豆杉，中间有一片混交林，有银杏，有金钱松。本来嘛，王家跟方家一分为二就最稳妥了，可当初他们的老祖宗埋界石埋得不是地方，前山的界石偏了王家，后山的界石偏了方家，整条线就走斜了，谁都不让谁，官司越打越糊涂了。裴志灏笑着说，这两家人也轴，前后山的界石往中间挪一挪，不就公道了？两个老人都笑，说不是轴，是仇在那儿摆着呢，哪回官司不得花钱？这一辈一辈算下来，两家人花掉的银子都快能又买一座山了，他们不是争输赢，而是在赌气呢。

回到城内，裴志灏就派人通知王方两家来同知厅协商。他问王家的族长,能不能算得清因打官司祖祖辈辈花了多少冤枉银子?又说方家的族长,你们这么一条道走到黑,损人不利己呀。

裴志灏问案的方式让两家的族长都觉得新鲜,他们搞不清这个同知大人葫芦里卖的是什么药。裴志灏不是就事论事,而是撇开山林纠纷说为人处世的道理,说退一步天高地厚的讲究,说礼之用、和为贵的哲学。然后,裴志灏就给两姓族长讲了个故事。说的是圣祖年间,礼部尚书张敦复的家人和邻居因宅基地发生争执的事情,张敦复给家里人回信说:"一纸书来只为墙,让他三尺又何妨。长城万里今犹在,不见当年秦始皇。"裴志灏说:"想必大家都听说过这事儿,桐城离咱们这儿又不远,张尚书能劝家里人退让三尺,你们怎么不能呢?祖先留下来的产业是要你们丰衣足食,福荫子孙的,不是要你们结怨斗气,往里糟蹋银子的。你们前山的界石往左挪一挪,后山的界石往右挪一挪,把分界线取直溜了,心也就直溜了,心直溜了,气就顺了,气顺了,还有什么过不去的坎儿?冤家宜解不宜结呀!"

裴志灏说得苦口婆心,两家隔世的仇人也觉得一直争下去得不偿失,就在同知大人的主持下,对山林进行了重新勘量划界。裴志灏给界碑题了三个字:顺气石。有地方上的里正问裴志灏怎么不写"化冤石"呢?裴志灏瞪着眼说:"何冤之有!"